U0899310

错河诗选

奔涌

Surging

Selected Poems of Cuohe

错河 著

中国发展出版社
CHINA DEVELOPMENT PRESS

图书在版编目（C I P）数据
奔涌 / 错河著 . -- 北京 : 中国发展出版社 , 2019.10
ISBN 978-7-5177-1088-2

Ⅰ . ①奔… Ⅱ . ①错… Ⅲ . ①诗集－中国－当代
Ⅳ . ① I227

中国版本图书馆 CIP 数据核字 (2019) 第 258838 号

书　　名：奔涌——错河诗选
作　　者：错河
出版发行：中国发展出版社
联系地址：北京市西城区裕民东路 3 号 9 层　100029
经 销 者：新华书店等
印 刷 者：北京市密东印刷有限公司
开　　本：889×1194mm　1/32
印　　张：12
字　　数：360 千字
版　　次：2019 年 12 月第 1 版
印　　次：2019 年 12 月第 1 次印刷
定　　价：58.00 元
联系电话：（010）88913231 68990692
购书热线：（010）68990682 68990686
网络订购：http://zgfzcbs.tmall.com//
本社网址：http:www.develpress.com.cn

目　录

序言

引领与救赎是错河的第一要务

与诗人错河的相识缘于一连串的偶然。

大约6年前，我的同事项君就曾向我提到他送女儿上大学时，在燕园遇到一位热情洋溢的诗人，彼此相谈甚欢。这位诗人便是错河。

3年前，我的大学同学黄君推荐我看一期电视专访节目，主人公是一位诗人，十几年如一日关怀帮助一位原本素不相识、远在四川的残疾朋友。节目看完，唏嘘不已，深为世间如此真情所感动！这位诗人便是错河。

黄君还热情介绍我和诗人建立联系，成为微信好友。不久即获赠诗人寄来的几部诗集，《三联星》《对岸》即在其中。

从此，偶然终成必然，诗人错河成为我的朋友，他的诗作进入到我的阅读视野。之后多次相晤，把酒言欢，由相识到相知，对错河有了更全面的了解。听诗人即席创作并吟诵诗句，听诗人娓娓讲述他的传奇经历，听诗人慷慨陈说他的诗歌创作理念……这一切都是难得的享受，令人回味。

此次错河新的诗选《奔涌》结集出版，嘱我说点什么。我虽于诗歌创作和鉴赏均属外行，深恐所言难中肯綮，但还是愿意就我的阅读体验，谈一些对《奔涌》诗稿的个人观感。

在上一年接连推出诗集《涤荡》和诗论作品《诗想家》后，一年时间不到，错河又再次交出了自己的新作，如此的高产，着实令人欣喜，让我们相信当下的错河正享受诗歌创作为他的生活和生命带来的改变。

翻阅《奔涌》诗稿，很容易将它与诗人的上一部作品《涤荡》联系起来：这两部作品无论在章节编排还是诗作内容方面都有相似之处。体例上，诗人延续着从上一部诗集起就坚持的章节间新诗与古风诗的交叉编排，同时保留有“短章”与“儿童诗”的专章。内容上，作品依然以个人化的感受和思考为主，爱情诗作的篇幅比前作更大，情感的表达也更深沉执着（《心上心底》《纵不结果也要开花》《超度》《情书2018》《情书2019》《爱情稻草人》《思念双行体》）；儿童诗的视角和语言有新的突破（《孩子，我们都是被埋没的诗人》《孩子，告诉你幸福的模样》《孩子，童年就是你最重要的作业》）；短章则更具箴言的风格（《比较》《揭露》《论人民》）。原本以为，“涤荡”意味着冲刷盘桓，意味着反思回望；“奔涌”则是重新出发，一往无前。但实际上，《奔涌》中反思的情绪比前作更甚，似乎是将前作中未曾说尽的心声悉数安置于这部作品中。这就如同老式卡带的A、B面，A面《涤荡》为表，B面《奔涌》为里，后者提供了更具内在特征、更私人化的情感表达。在我看来，与其说《奔涌》是《涤荡》的续篇，不如说是《涤荡》的镜像。

错河的诗歌创作一直保持着鲜明的个人特色，多数诗歌作品维持着一种青春写作所特有的明朗清新的调子。诗人藉由诗歌的思考，其路径往往是向内而非向外的，并不刻意追求对时代、社会、历史摆在人们面前的种种纷繁问题作出回应（错河也许会说“这不是诗歌的责任”），而将关注点聚焦于私人情绪的萃取。这一特质使得错河的诗歌过滤了绝大多数时代特征的干扰，获得了探讨个体生命内时间意义的可能性。

错河诗歌中明朗清新的部分既是诗人天性使然，也是诗人基于个人诗歌理论的实践。诗作中始终存在一个葆有天真因而情感充沛的少年形象。但这个形象是矛盾的，一方面对于他个人私藏的惊心动魄的爱情故事，情难自禁地一再表白；一方面对于他背后收集的数量庞大的人生箴言，随时随地倾囊相赠。少年仿佛有意拿出老成持重的一面与世人交往，但又难以压抑自己的感情，不免露出古怪的端倪来。相应地，在写作技巧的处理上，诗人习用隔行押韵，或段末押韵，通过削减韵脚密度的方式来舒缓那种只属于青春写作的激昂调子，汰除那种青春期所特有的躁动气氛。

观察错河近年来的诗歌创作，明显感受到诗人有意识地去繁就简。在自传体诗论《诗想家》中，错河多次强调“不要刻意为诗”“反对格律化的诗歌”，同时提出“意象表达……是诗歌最为核心的手法”。因此，诗人既没有在意象的世界里肆意猎奇，也没有在韵律的胁迫下一心营造。与新诗中常见的“蓄意”的晦涩相对，错河走向了“蓄意”的明晰。《奔涌》中的意象大多是质朴、日常的，诗歌的韵律感进一步被削弱，有时成为几近散文化的语言。

此外，在这本诗集中，诗人借助诗歌语言完成叙事，显得更加驾轻就熟。我们清楚地知道，凭借诗人对文字的驾驭能力以及他背后颇具传奇色彩的人生阅历，错河完全可以提供更具异彩的诗作来吸引眼球，但眼下呈现给我们的则是真挚而简易、略加整理的心声。一种诗的语言——包含简单节律的语言正替代诗人的日常表达，成为诗人最自然的情感表达方式。诗歌的语言，尤其是现代诗的语言，在过去的很多年间都是“反沟通”的。但错河则将日常俯仰呼吸间的谈吐、一种与空谷对话的态度作为诗歌的精神，将诗性的表达视作最自然的表达，从而构建起可靠自足的精神家园。诗歌的语言日常化，必然伴随着韵律的适度消减，伴随着适应呼吸节奏的舒缓、伴随着晦涩意象的消除——到如今，诗歌终于成为诗人与世界沟通时，最为舒适且行之有效的方式。

阅读错河的诗歌，总隐隐感觉诗人似乎在有意排斥外在的时代感，更为强调内化的时间感。回望“五四”至今百年来的新诗写作，对于绝大多数诗人来说，诗歌创作在某个年龄阶段不可避免地会发生转向，往往是跳出基于自身境遇的传统，在诗歌话语中找到概括历史和时代的恰如其分的方式。但在错河的诗歌中，这种转向并不十分明晰。自始至终，错河诗歌的时代特征都非常微弱，更像是在从古典时代到时下的千年跨度中游移，难以定位到任何一个具体的时代。

然而，摒弃时代感，并不意味着诗人忽视了时间或时间感。事实上，从这部诗集的大量作品中，我们看到诗人以人生时间为整体，下意识地将生命长度划分为均匀的时间段。这种时间段的划分本质是对人生的清点，它不大可能来自一名少年。没有少年会言必称人生“二十、三十、四十岁……”，也不会时不时就由“少年、青年、中年……”一直数到“暮年时”（《人生旅行者》《破土而出》《环球旅行指南》《你永远不曾老去》《兄弟，欢迎你来管家庄》等）。即便我们可以说服自己，这种将人生分阶段清点的“习惯动作”仅仅是来自常识而非经验，但当读到《如果人生可以倒着播放》时，就不得不承认，诗人确有去到终点回望和检讨一生的渴望。那个先前令人生疑的少年形象此时化身为一个从容的中年：坦然接受了时间的流逝，不可回避地对过往的人生做出反思。

这种反思不仅仅停留在盘点人生阶段的层面。在《自画像2018》中，诗人谈到了个人时间观感的变化：从过去的

“当时间如一根暗夜的火把”“曾以为时间是一炷香”“我以为时间就是一根绳索/拴在生死的悬崖”，到如今“我的时间不再是线性的绳索/而是像土地一样/铺展在天下”——诗人抛弃了时间的线性特征，将时间与生命重合在一起，将时间的拓维与生命的超越联系在一起。在诗歌意象的构筑中，诗人消解了时间不断向前所造成的焦虑感，从时间中获得了期待的救赎和生命的前进。除生命隐喻外，时间还包含秩序与指示的隐喻。在《疯子就要像疯子》一诗中，诗人讨论了时间与秩序的关系。这里使用了“钟表”的意象，钟表可以指示时间，代表着客观与秩序，而“疯子”则代表着疯狂和失序。在诗人看来，“疯子”之失序是由于“心中的时钟”与“公共的时钟”之间无法达成一致，时钟失去了代言“时间”、代言“秩序”的意义，反而成为了禁锢人心的绳索，引导人走入黑暗的原因。无论如何，我们从这些诗作中，看到了诗人在时间的多维度隐喻中找到解析个体生命时间的方式，也在这种依托于诗歌构架的思考中，找到了修复自身秩序感的方法。

作为错河诗歌的读者，我一直试图找到理解诗人作品中交错出现的“少年人”与“中年人”矛盾形象的方式，但始终不得要法。诗人的年纪恐怕是由写下第一首诗歌时算起的。根据错河的自述，他并不是一个从少年时代起就因为心性的驱使，将诗歌作为人生志向的天生诗人，诗歌是他经历生活设下的重重考验、身陷迷宫深处时，另辟蹊径找到的一条可引导他走出来的路。错河的诗歌写作从一开始就是为了自我拯救，“我也曾经在人间沉沦，在无限堕落的恐惧中，终于用诗性拯救了自己”（《涤荡》自序），“我一直努力实现的就是对自我的超越和救赎”。也就是说，“诗人错河”甫一出世，就承担着自我救赎的责任，并没有经历过无忧无虑的少年时代。那个一向特立独行直白大胆因而给自己招来不少麻烦的少年人，是错河不能抛弃的生命底色。而在近20多年诗歌写作历程中迅速成长起来的诗人，则肩负起中年长者的责任，在一次次反思和叩问中，引导少年走出自己的路。当然，以上终归是我个人不负责的揣测和理解，真正的答案为何，尚期待错河继续提供丰富的作品为我们揭晓。

错河既不是天生的诗人，也不是天生的诗论家，两个次生的身份随着近年来诗论家错河的成熟，互动愈发频繁：作为诗人的错河，在河岸这边理解和践行诗论家错河归纳的诗歌创作理论；作为诗论家的错河，则在河对岸分析诗人错河提供的文本。两股力量在对峙中得到了平衡，共同支持着面前这条河流汇聚壮大，奔涌向前。

有趣的是，在《诗想家》中，诗人还翔实地提供了自己的人生故事来为自己的诗歌写作与理论搭建做传。如果没有自传部分的故事，身为诗论家的错河与身为诗人的错河也许无法在当代诗歌写作的潮流中找到属于自己的恰当位置。借助诗人的人生经验，我们找到了他愿意逆流而上的勇气的源头，也乐于看到他在诗歌搭筑的个人秩序中完成的自身超越。

赵长才

2019年9月15日

（赵长才系中国社会科学院语言研究所研究员）

自序

不再让诗人写诗才应该选择自杀

在历经25年的新诗写作探索过后，我逐渐形成了自己的一个诗歌前行更明确的路径。

这路径可以总结为四个过程：第一步确认诗歌表达的核心是诗性；第二步找到诗性的意象转化为主的表达方式；第三步是从单个意象到多意象的有机化合，从表达片段到创生并誊写完整语境世界；最后，就是回归到抒情本身，因而确立人在面对这个新世界的时候，你是主人，世界始终是你可以栖息的家。即这个空间和世界是因为情感的生态，它才得以恒久地生生不息。

首先是强调诗性核心的建立

起初，我写作品是意识流状态的。当你心中只是有一个异样的感觉，就提笔去写，不是去挖掘，而是把这种异样的表面呈现出来，并且又在表面进行勾连式的铺开。于是大多数作品难以成形，半途而废，而成形的作品，又不知所云。

直到我确定了意象表达的核心手法，这种表达才具有了一定的深入空间，能够容纳一些东西，作品的整体性才稍具雏形。但意象的获得却是偶然而来的。因为我只把意象当作手法本身。“三年得两句，一吟双泪流”，很多人也面临这种局面。意象此时是偶然所得，先无意识碰到一个闪亮的意象，再去稍加包装得到你要写的。

直到重新反思了意象和诗性内核之间的关系，和意象的理性获得渠道，我才真正达到了稳定的写作状态。

实际上，意象本身最重要的作用在于从事物的某一个侧面或整体，让它看起来重新换了面貌，展现了一种新的存在秩序。所以意象和诗性表达核心是互相印证的双向互动。但从意象反向去寻找诗性，则充满了偶然性。当你并没有表达内核的时候，事物本身只是事物本身，它们自己不会发出亮光，你只有盲人摸象式的猜测和筛查。

因此，让诗歌写作可以稳定起来，必须从先去偶然发现意象，转而用理性先破解秩序，然后再寻找意象来配比，这样才会更具可操作性。因为诗性内核是完全能够通过可驾驭的理性思索来首先破解和缔建的。意象的生成也就因此变得理性起来，因为你在获得诗性核心后，可以有效地对世界进行理性检索而轻易获得意象转换。

于是，写作过程就彻底被逆转过来，从先提笔胡乱尝试，随机地延伸出作品，变为先构思诗歌的核心表达，然后再寻求合理的意象转换。而这样的写作也就变成了更可掌控的理性关照过程。

其次是意象转换重要性的认知

最开始的时候，意象表达并未被我确立为最核心的手法。诗歌有万千种修辞和表达手法，意象只是其中之一。但写作过程中，其他的手法大多只能让你的表达变得更花哨并复杂化一些，而意象则是相反的过程。

其一，意象的抓取，当变成理性的筛选来获得，就让你自己必须把你要表达的诗性秩序梳理得非常清晰，然后才可能找到最贴切的事物来转化，这个过程首先就让你自己的诗性内核变得成熟而明朗。只有你自己的表达清晰了，意象选取才足够准确，因此这首先就是简化内在的过程。

其二，意象的作用，在于把二维的逻辑，多线程的发散性逻辑变成确定的立体性形象表达。逻辑是有前提的，但写作不是做数学题，每一句话的前提都是省略的，因此完全依靠逻辑，很难与读者同步，存在着省略后的巨大时差和歧路，但转化为意象的事物形象后，因为介质的事物是立体的，所以可以全人类在一个平台下共享。例如，当你说杯子，虽然杯子形状各异，但所有人都能立刻反应到它的基本状态，于是那种非同步的时差状态就转换成了最有效的思维同步化。

其三，立体的事物涵盖了无限的二维线程，虽然简单，但传达的信息却是更丰富的。这不仅带给作者余地，也带给了读者足够的信息潜含加载。而最重要的是可以建立一个活化的系统，来涵盖多数的线程。

其四，我们常说诗歌应该表达普遍性，应该更贴近大众。其实贴近大众，不是让大众去投票决定内容的偏好。诗歌恰恰相反，需要你背离大众的惯性认识，而用新的破解或缔造的秩序来说明生存的更多可能。诗歌的大众化，恰恰是通过意象表达来主要实现的。当你把线性的逻辑转换成意象，就给公众一个开放共识的立体平台，接纳最大化的民众来跟上你的思路和结论。

因此，在解决了诗性核心和意象的关系后，我获得了自己的一次双向超越。即对诗性的内涵得以明确：通过以唯美为方向的不断的缔造、创造和关照，对人自由自在自主的存在方式的确认。同时，也把意象表达手法的重要性得以深化，同时把它的获得也完全理性化。

此后，我又把意象拓展为叙事诗的写作，寻求叙事本身的形象化诗性沟通。

进一步的超越，我认为就是从片段性的表达，到生成一个完整世界后，再予以誊写

意象表达在《诗经》中散见，在庄子那里就开始系统确立，奠定了中国诗歌传统的意象手法，但一直停留在手法本身。儒道释作为哲学前提，始终成了固定的背景无法突破，因此更强调手法本身的翻新。而单个意象在文言诗中就可以成诗，即使多个意象的长诗也是单摆浮搁的铺张。而进入到现代诗阶段，虽然思想上寻求突破，但停留在意象的片段化罗列上，甚至以碎片化为傲，这种突破仅仅是加上了稍许的质疑色彩。

我努力寻求着新的秩序背后对一个新的世界的重新完整构建。

其一，用诗歌完整表达一个语境世界，则让表达本身从三维的立体，变成了多维的化合架构，进一步让诗性内核得以充分延展，从而带来表达本身容量进一步的超越。就如同一部影片的拍摄，导演在拍摄之前应该就把电影在心中公映过了，然后电影才开机。此时，你的每一个镜头才是最优化的梳理，拍摄过程只能更优秀于导演心中的影片。至于如何缔建语境世界，我在《诗想家：北大的诗歌救赎与启蒙》中，做了一个自己的系统梳理，这里不再赘述。

其二，有一个世界，才能把情感更为精确地释放出来，并且得到有效的提升。

而这一步的超越，我得到的也是双向性的。构建世界的方向是实现情感的真实再现和整合。

强调抒情作为最后立足

当我们缔造了一个世界之后，我想告诉人们，因为让这

个世界具有完整的质感和生机，因而具有了归属性，能够成为人类的一个共同家园，而不是构筑一座监牢或泡影。

假如，纯粹智力化地创立一个个世界去罗列，每一个世界又是如此空洞而无可逃避，反而最终让人会觉得世界本身的荒诞和自我的虚无，诗歌最终会导致人走向自我毁灭和否定。这也是现代诗人自杀的根源之一。

除了强调逻辑的理性本身，情感则打破了这种荒诞和虚无，让人用它和美的价值一起去主宰自己所缔造的世界。理性是智慧的光芒，它最终还是线性的。情感则是人的存在依据，借助立体的事物发生，像水一样流动。就像阳光穿过太空，因为物质稀疏，所以太空依然极度寒冷。只有光照射到物体上，物体的分子运动才能转化为热能。而只有意象这些立体的存在，有了情感之水之后，才能让光芒转化为无限生机和生生不息。所以人自己承担起这个世界里的光芒，还要把情感的浩荡之水放进去，触发立体化的事物使之获得生机，并最终形成生态，才能始终通过照耀去让一切意兴盎然。于是我们的诗歌就不再是吹起的一个个肥皂泡，不再是冰冷的监牢，而是一个一个新的宜居星系，而人自己就是最高尚的主宰。

所以情感本身必然要经过一个有效的提纯和萃取过程，这个过程里，人也实现了自我的一种有效的梳理、救赎与超越，它才能转化为处处等待勃发的生机。

也正因为如此，人通过情感的生命实现过程，从而完成了对人性之中最积极的那一部分的张扬。那就是渴望超越自己，渴望去驾驭命运，渴望去实现自由自在自主的存在状态。这就是为什么人性的智慧与价值要借助情感去照耀在每一首诗的新世界之原因。让世界中的每一个意象物体都获得生命，形成整体的交流，才有最后我们世界的生机勃勃，它是如此的立体、鲜活、流畅。当你这样做了，你其实就是守护每个缔造的世界之神祇，而不再是用因果无限延伸的智力逻辑吹起一个个世界的肥皂泡，最终也终将被逻辑这个最大的泡影反包回来，成为牢狱，并最终破灭。

情感作为诗歌最终的归宿，结果就是四海皆可为家园，人人都将因此获得永远温馨的栖息，从而更加热爱我们这个可以无限生发新世界并共同拥有的现实世界。因为它已经不再是无法规避的牢狱或者泡影。

正因为如此，也就回到了诗性内核本身，让诗性得到最充分的确认和彰显，从而完成了一个有效的诗性循环。

现在去回顾最终的结论，看似是逻辑清晰、层次分明的过程，但实际上，它们得到体悟的先后次序却是混乱的。我实际上从写新诗开始，首先就已经确立表达语境世界的方向，抒情为主。堰塞多年之后，百转千回，才意识到意象本身的桥连作用，确信情感的立体化方式，此后才探索出最终的超越路径。

很多人曾抱怨我的诗歌中，应该删去那些他们认为无关痛痒的句子和桥段，仅剩一些足够闪亮的足够辛辣的内容，这样更具有吸引力。但我想告诉您的是：我的作品之所以用那些浓墨重彩去挖掘空间，就是为了容纳最后真挚的抒情，并且用逻辑在支撑和串联完整的世界，使抒情具有完整依据。它们都有着不可或缺的作用。期待习惯了阅读现代诗歌，把诗歌当成语言体操或意象阅兵式的读者，在看过这部诗选集后，能够更进一步地去理解与宽容。诗歌更多应该给人无处不在的新世界，而不是诗人贩卖的十三香这样的够味佐料。这也如同交响乐，除了主旋律的回响，还要有必要的行板，才能让主旋律得到足够的释放。不要把诗歌一律看成习惯的流行曲，虽然你觉得它更适合在KTV里煽情。而即使流行曲，也通常有主旋律和和声的并行。

这一切的关键都在于两个词语所承载的精神：超越与拯救。

诗歌写作多年，我一直努力实现的就是对自我的超越和救赎。当我拿出作品，摆在您的桌前的时候，我无法确认可以实现对读者的拯救和带领读者去实现他自己的超越。但至少你会看到，作者在每首作品里，都在努力实现着自我超越和自我救赎，这或许更容易实现。

所以，我借序言来描述自己的超越与救赎的过程。也在于解释，一首首作品情感奔涌的目的何在，和奔涌背后的江河交汇与贯通如何使然。

当现代诗人们因为写诗而轻易陷入自杀情结里的时候，我要说的是：我跟他们相反，不再让我写诗，我才会去选择自杀。

最后，衷心感谢每一个读者与我在诗中的世界里的相遇。

错　河

2019年4月29日

第一章

打开自己的路径

（新诗）

我

眼睛的前面是世界
眼睛的后面就是我

点燃思想
是为了照亮黑夜
更便于确认你所能达到的开阔

但他们
却是为了寻找黑洞洞里
天国将高高垂给他们的绳索

历史对他们而言
是正在塌陷成虚无的冰面
驱赶他们向前惊恐地奔波

但对于我
活着就领跑在时间最前沿
自己只是一只头羊
无法决定身后羊群的形状
但向往丰美的心
永远决定故事整体的起落

我的身体
只是一个吊篮
我的心
却是热气球在上面牵着
只要身体还提供火热
心就会带着它高高飞着

但他们的心
却像驾乘着身体的马车
身经泥泞
他们也躲不过颠簸

海水
对于他们只是让干渴再带上无尽的苦涩
把挣扎规劝成湮没

但对于我
只是用生命的热力
解析成食盐和清水
作为取之不尽的补给更便于远远地跋涉

上天给所有人的一样多
都只有生命自身的鲜活

它是通用的货币
一切都将兑现成生命自己
不累赘地由你流通和掌握

但他们
却只习惯了原始的以货易货
用沉重换来轻浮的占据
用伪善换来的尊严再兑现成权力用于宰割

世界对所有人也是一样的
同样的坐标和象限
只是我们选择了
不同的公式去应用于生活

所以
我的轨道设计得简洁而开阔
他们的计算如此繁复而焦灼

把我们区分成不同的
只是时空维差下
得以唯独存在的自我

而除了自我
你得不到比这更多

只是我像萤火虫一样
自己照亮自己
在黑夜里也有四面八方开放着

而他们却是蜘蛛
搭起网来
把丑恶和露水一起在夜里胡乱地捕捉

人从哪里来
又到哪里去
他们掩饰着慵懒
老生常谈地责难起我

我毫不犹豫地回答说

人从疑惑乍问的我处来
又去向心甘情愿的我

所以
出生时你还没有生
而死亡到来前
你也可以安享你的天国

2019年4月19日
书赠谷雨先生预贺生辰

你永远不曾老去

再苍老的桃树
每年开出的花朵都是最新的美丽
再古老的月亮
每一刻的光辉都是最新的亮丽

你只会有老去的身体
可你的心灵
时刻都如同火苗一样
从不曾旧去

十岁时
看四十岁的人
只有他富有纯洁的心地
你才会觉得亲近可依

二十岁时
看四十岁的人
你面对他时只有谦卑
但他的热切
让你和他无间的亲密

三十岁时
看四十岁的人
你觉得他比你更加疲惫

他却笑着鼓励你
抹去了彼此之间的差距

现在四十岁的你
终于明白
还是与十岁无别
你还是那个期盼童话终会实现的自己

所以
五十岁的人拍拍你的肩
说兄弟
你会卸下沉重
做你想要的自己

所以
六十岁的人
会抚摸你的额头
说孩子
你早晚会放下犹豫的自己

所以
七十岁的人
会深情地望着你
说小伙子
我舍弃了太多顾虑
终于重逢了那个十岁时的自己

于是我确信了

身体在不可阻挡地衰老
可是柴上的火苗
每一刻都是最新的自己
你的心灵永远不曾老去

人的一生
只是一颗石子的抛物线
无论飞得有多高
你都会回到原地

所有人
都得到相同的两样东西
那就是相同的重力
和一个飞翔的轨迹

谁都没有资格老去
除非
你不在乎飞翔
也不在乎纯真的重力
只是一直在恐惧
会搁置在噩梦一样半空中
乌云一样地老去

从此
一切都成了悬疑

但看看这世界
四面八方都是开朗的天空

上天已经足够爱你

你要相信
会回到大地
你永远不曾老去

2018年6月27日
书赠生辰日的妹妹王晓琪

黎　明

黑暗很重
光明很轻

黑暗降临会碾压万物
让一切灭失其形
光明到来
鸟儿却会飘起
飞升

喜欢懒睡
一睁眼
跳出梦
就是天光大亮
天空朗晴

偶尔也会被一个噩梦惊醒
只有几盏窗外惺忪的灯
这时转而有些兴奋得莫名
可以静等一个东山上完整的黎明

那山的顶峰
会现出一小片灰色上升
接着扩散开来
如同火山喷发前

火山灰先是向四方弥漫
直到笼罩住眼睛

山的金边越来越浓
一圈温红
太阳忽然跳出
完成最后岩浆的喷涌
如此灵动

还在惊悸
火红的光线射来
已经可以看清

它把我彻底淹没
点燃我的脸庞
然后是一切
铺天盖地地惊醒
一切如被岩浆淹没
彻底熔化黑夜的粘连
一切只剩下一个个最不可撼动的
最终表情
村庄
田野
和你看不见的冬天里的北方
那凛冽的北风

这一刻
我知道自己就处在

梦与醒

黑暗与光明
这两重夹缝之中

但没有坠入虚无
我要穿衣走出
去体会
光的渐炽与这世界的冰冷

当它们一起编织成一条绳索
借风来狠狠绞杀
人才能更加确信生的楚楚清清

因为
梦不知道自己是梦
醒却知道自己的醒

因为
死不知道自己是死
生却知道自己的生

去看一次远山的黎明
你便会知道能醒着
活在这个世界
本身已经多么荣幸

2018年12月29日
写于平谷赠向往先生

如果人生可以倒着播放

如果人生可以倒着播放
我们或将都以喜剧收场

你将从尘埃中
被完美组装
在哭泣的亲人面前
醒来
说出你这一生最后愿望
然后站起来
走回过往

你将再也不用担心死亡
一点点抽丝剥茧
回到青春的路上
然后变成一个孩童
享受最纯真的时光

最后被亲人喜悦地包围
带着他们最初的热望
不舍地泣别
回到母亲的肚膛

当你的一生
看到的结局不是灰飞烟灭

你还会不会把一生挥霍铺张

是的
你会一点点收敛
把盘根错节的世界
梳理得简单流畅

这样
你就可以报答父母
让他们不再为你惊慌
还给他们所有失去的
自由美好的时光
让他们一直这样充满期望

你的朋友
也从沉默寡言
变成一起为了理想
回归在披荆斩棘的路上
然后不用醉倒后哭着道别
而是各自归乡
去安享最纯洁的最后时光

而你的爱人
也从麻木的体谅
开始了逐渐加温的热恋
直到变成心中的熊熊火光
在最后一次亲吻分开后
怀着彻骨的思念

各自消失在人海茫茫

这一切
都将在你最清清白白的童年
被一个完美的句号划上
而你因此睡得越来越长
越来越香
直到美梦占据全部时光

但上天为什么不让
每个人的一生倒着播放

只因
睡着后梦见的再美也不是世界
活着就能体验的才是天堂
上天设立死亡的倒计时
是为了督导我们
珍惜人生的每一寸时光
把娘胎里带来的恬静美梦
催促着我们尽快实现在这
醒着的世上
人们才愿意生下孩子
在一个越来越美好的时代
满怀着对他的祝福与向往

只有把自己的世界
弄得难以收拾的人
最后一条出路

才是人生倒着播放
以逃避幻灭的下场

所以你要选择
当我们把自己的一生
在死亡面前封装
你留下的是一颗桃核
饱满的心在硬壳中封藏
人们也在心中像种一棵树一样
把你小心地埋葬

还是一个水泡一样
浮出时间的水面就会破灭
空空无望

因为那时的你
一直寄望人生能够倒着播放
但你有没有想
这只会也一样
抹去你所有存在的痕迹
活着
依然是空空一场

幸而
我们无法选择人生倒着播放
人类才没有躲回蛮荒
你才有机会生来这精彩的世上

2018年8月28日

人生旅行者

活在世上的人
一直落魄
活在心中的人
永远开阔

童年时捉迷藏
围着一个麦垛
一分钟就能把彼此找着
那个游戏叫快乐

青春时捉迷藏
钻进青纱帐
那个游戏叫胜负
要一个小时才能有结果

中年时捉迷藏
是在一片密林中
藏的人会误入迷途
找的人也会陷入困惑
需要一天才会结束
大家都在意生存与否的法则

但无论如何
不能忘了

游戏收尾
天黑前你要走出来
回到那个广场上汇合

亲人
就是那个等你回家吃饭的人
永不在乎游戏的结果

朋友
就是一直等你汇合
再一起回家的人
虽然回去后上了不同的饭桌

一个心灵为家的人
不会固守你年龄的定格

遇到童心犹在的人
还去围着麦垛寻找快乐

遇到青春赫赫的同伴
还要去争一个胜负结果

遇到成熟的对手
也会下一盘棋
争个你死我活

只因心灵为家
活着就是活着

不仅是空间的任意选择
时间也不再是一条蜿蜒为绳索的河
你粘连着
除了顺流而下没有选择
你只是一个旅行者
可以在岸上
选择上中下游任意的风景
停留重复或者高歌

那些把家落在世上的人
人生就如同
上天给他一串冰糖葫芦
吃完少年
然后是青年
再后是中年
最后老去
再也留不下了什么
只剩一根竹签
直线成为一个必将休止的段落

而那些把心灵做家的人
时间却是一根算盘里的竹签
只有不同年龄的算珠穿着
什么也从没失去
算珠可以用来随意划拨
按照进制计算出无穷无尽的结果

所以我说

朋友
世上没有无家可归的人
我们都居住在自己
都是世间的旅行者
何必在意那落魄

亲人只因为你是你
就一直对你暖和
朋友因为你会回家
他才会永远
在麦垛、青纱帐、密林之外
把你耐心等着

2018年12月16日

热爱生活

不是生活本就黏着
是你习惯了依附着生活

你总说
所有人所有事
都在牵缠着我
那是一张网
永远也无法摆脱

可是你知道么
不取决于你自己的人和事
你永远不需要奢求什么
你只需要做最真切的自我
只有你是真实的
全部才是你的真实所得

是你误解了自己
把自己当成垂线木偶一样活着
只有凌乱不堪的动作

所以
虚伪的人必然粘滞在别人的蜘蛛网上
哀求放他一条生路
跪求着狩猎者

真切的人在自己编织的蹦床上
上下翻飞在做着一个精彩的舞者

也不是因为世界广阔
相形你只能尘埃一样茫然漂泊
只是你还没学会驾驭自我
真切地去抉择

一只会飞的鸟
不会因为天空无边无际而觉得落魄
一只轻盈的海豚
也不会因为大海的辽远而迷惑

当你像它们一样掌握了自我
自由就是你对称性的所得
也是为什么世界要如此辽阔

鸟儿飞翔不需要行李
鱼儿遨游也不需要把盘缠带着
只要你想
你现在就可以去做

当你一次又一次变换信仰
来努力说服自己去接受那些茫然
其实尘埃已经承受不了什么
你的解脱
无非是多一种选择
继续做一颗尘埃

或者给你勇气连对它卑微的重量也不去负责

所以
当一只会飞的鸟
会游的鱼
他们的广阔是指那抒情式的自由
而你茫然无助求乞的解脱
只是陷在一块即将固结的琥珀
那边际离你再近
你永远也无法逃脱

当你不再粘滞于生活
你就会知道
你做的任何
既不是分享过程
也不是为了得到结果
只为证明
你在最具活力地驾驭着自我
你的自由自在就是为了感恩世界的辽阔

那时你会说
你真的热爱生活

为此
你的父母才生养了你
你幸福地在世界上生活
你又生养了你的儿女
像你一样

现在用热爱去生活

这就是你对任何人任何事
尽到的最大的责
那就是全心全意去热爱生活

而不是相反
因为你的责
你粘连在生活
把茫然无助继续传播

自由自在做前提才有真正的美德
驱从之下
美德始终是与你无关的结果

而最大的美德
就是任何人现在就能做到的
那就是一直热爱生活

2019年2月25日

环球旅行指南

序言

人的一生要做一次环球旅行
但这之前
先要环游一次自己的心灵

一

幼小的时候
你睡在摇篮的宁静

少小的时候
你在秋千上摇荡着自己的激情

成年时
你在善恶之间摇摆不停

老去后
你会在摇椅上
听钟摆的敲击声
回忆时间的模糊不清

所以要趁着现在的大好时光
不再摆动不停

在自己的心灵
来一次三百六十度实现圆满的环绕旅行

二

你会发现
一片草原
羊群的自由自在才是你真正的感情

你会发觉
那些难以启齿的事情
像一片原始森林的阴冷
每次走进去
都会迷失其中

理想与欲望
是占据两个极地的坚冰
极昼与极夜交替不停

而那些繁华的城市
就是保留的记忆
除了标志性的建筑
和风景名胜
大部分都是一样的市井

你的爱人
还怀着那高原雪山一样的爱情
从此发源到大海

江河一样
曲折地流经
只有白头到老
不断回溯
你才能在她头顶的白发上看清

你的朋友们
是一座座宁静的湖泊
走近他就是鱼米之乡的恬静

亲人们
是四海一样的亲情
把你的整个世界贯穿包围
给你温润的季风

而你的挫败
在吹拂不到的地方
正在内陆蔓延
沙漠一样横行

三

你的位置
需要画出全面的地图
和一套精确的定位系统
才能变得分明

之于心灵

有的人像太阳一样对整个自己的世界
正大光明地巡行

有的人被它捕获
成了月亮一样的卫星
只发出光芒在夜深人静

还有的人
只是一个艰难的行者
迷途在它之中
为了方向而疑虑重重

无论多么艰难
你都要找出自己
再把整个心灵加以圆满地确定

只有太阳的角度
你才能把自己的一生完满地说清
才会有一些人
把你彻底弄懂

四

当你完成了心灵的三百六十度圆满巡行
确定了自己
才好去做一次环球旅行

因为你只有带上全部的世界
才能去那里的每一处最充分地抒情

因为那里的每一处动人的风景
都会淹没你的表情
当你惊叹的时候
就像太阳升起
蜡烛的燃烧就会失去意义
你穿梭在陌生的人流之中
没有人把你的语言听懂
你会觉得
自己孤独到
在那里甚至无法承担尘埃的轻

所以
你必须保持抒情

你的抒情将照亮你内心世界的人
他们是最好的听众
只有内心在对他们演唱时
你最终凸显在风景之中
那时你就会明白
为什么先要环游心灵
为什么要让你心中的人
能把你听懂

否则
你只是一个旅行者

抹杀在每一处景色之中
所有的零相加
你得到的恰恰还只是一个零

结语

所以
人生要做一次环球的旅行
但在此之前
先要完成环游一次自己的心灵

因为
你环游的世界在所有人眼里相同
你自己就不必存在其中

你要发现的不是与所有人的相同
而是你自己对比出的不同
而它
恰恰取决于你的抒情

你会路过所有人的世界
但只有你世界里的人
才会经过你的曾经

你早晚会懂得所有人的整个世界
但你的世界
只有一些人才会懂

所以你要先环游自己的心灵
让该懂得你的人
借着你的光芒
把你弄懂

然后你才能
用最饱满的态度去环球旅行
用自己的全部去抒一次情
而且一定会有那么一些人
能够懂得它是多么的不同

2019年2月22日

穿行在街道上陌生人里

走在街道上
就穿行在陌生的人群里

彼此从未互相在意
不会想去知道彼此的名字
那时想
我们之间其实并不遥远
或许只有喝一盏茶
饮一杯酒的距离
就会因此变得熟悉

停下来
就那么默然地站立
其实走过身边的你们
恰是最真实的你自己
因为陌生
因为疏离
不用照着某个角色的设定去演戏

你就是那样肆意
或是焦急
或是闲适
都不用心怀警惕

忽然
碰到一个分别了二十年的中学同学
互相犹豫了一下
还是上前打了招呼
拿出几分亲密

说什么
无非是客套的那些言语
只因
他叫不上我的名字
我也早已把他的名字也忘记
那亲密只为把这种尴尬敷衍过去
然后道别
各自匆匆离去

当又回到了人流里
忽然发现
我和人群中的每个人
差的并不只是
一盏茶一杯酒的距离

无论我和那位同学
几十年不再相遇
忘了名字
却从心底里还是觉得熟悉

因为共同的时光
早已经成了一部公映过的戏剧

我们现在可以一起对它讨论
任何观点都具有了终极的意义

而换了现在街道上的任何一个人
喝一盏茶去在一起
只能争论生活里
彼此的角色和戏份的问题
饮一杯酒去在一起
大多为了彼此可能的生意

这已经不再可能闭合
就像一部电影
永远难以完成最后的剪辑
公映更是遥遥无期
我们永远看不到彼此完成时态的记忆

所以就算以后
常常在一起
彼此之间也一直处于一种游离

这世界有两种职业最可怕
演员和生意
一旦你涉及
生活就会很快被它们占据
无穷无尽
再也无法剥离

不幸的是

每个人在生活里都是演员
又把生意当成了剧情的主题
而更大的不幸在于
千丝万缕
我们之间已容不下回忆
那生活的影片
永远不能公映
不会成为作品被封闭
所以彼此永远也不能真正地熟悉

所以成为朋友
不是因为你们天天会在一起
恰是因为大家总不可预料地分离

所以夫妻
是这世界上最难把握的熟悉
没有爱情
和忠诚得像对待一个皇帝
终会成为一团糟的仇敌

所以陌生人
让我们就在街道上擦肩而过
只为彼此这一刻的真实
我还是我
你还是你
当目光不期而遇
互相点头会意

但我忽然想起了什么
扭头又飞奔回去
追上那位同学
尽管尴尬
我还是一边气喘吁吁
一边说
老伙计
我想不起你的名字
还得问问你

他笑得像二十年前
说
我也正想问问你
这个问题

2019年1月12日
赠刘筱筱同学

破土而出

这世界在一年年简单重复
每一页都是雷同的春夏秋冬
可装订起来
却成了如此复杂的一部史书

我们还在一页页
耐心翻读

少年时
在每一页中幻想天地
一切都是那样突兀

青年时
在每一页梦想自己
如歌如舞

中年时
已是半部成书
才想到把自己耐心地阅读

若是有一天老了
才能把一整部书
看出眉目
自己和世界才老老实实汇合一处

那时
一定会发现
时间是永远在上涨的洪水
而我们都在水面上
一直漂浮

驾着身的小船
在汪洋中寻找永不淹没的岛
却越来越茫然无助

一切的结局都是
它终将朽腐
沉陷底处
越来越深
历史就是这样
因此逐渐模糊

于是
太多人选择了信仰
让心从现在飞出
去寻找归巢的幸福

可是我没有皈依
一直相信
我的魂灵
属于天地的沃土
借着身躯这颗茶树

不断生发一片片茶芽
青青而叶

如今
经过半生的烤制
在一生这一直温热的茶杯里漂浮
让灵魂积攒的美好都化开
反而更加投入
终会成了一杯香茗
放在历史的旁边
供那些读人继续反省调校
或许他们
从世界的汪洋中
可以最终找出那岛的所在之处

我想
总会有一个人终将明白
有一个答案是属于我的
已经给出

整个天地
就是一片沃土
时间之水沉浸其中
因此
我们不是逃难者
而是只有被生发滋养着的幸福

一切都要还回去

但多了我们自己的灵魂付出
所以才会又更加茁壮地复出

这就是为什么
一年一年在重复
但一切永远也不会再重复

天地这座永恒之岛上
感谢你们
世界上所有人
你曾经陪着我
破土而出

2018年3月1日

你为什么孤独

你问我是否孤独
我回答得吞吞吐吐

那是因为
一只蜡烛
不需要两根芯线
才能燃烧到太阳东出

那是因为
一朵烟花
不需要两次引爆
才能飞上天空开在高处

我问自己是否孤独
要做回答得想得清楚

一场爱情
让世界变得可歌可诉
但她离开后
不知道向谁才能描述
我曾经如此地幸福

一首诗作
我缔造了一个伟大的世界

写完最后一个字
再也不敢画蛇添足
它把我抛弃了
不知道再向谁言喻
我曾经如此高尚如一个造物主

可爱情虽然需要两个人
真诚地演出
却是为了完善一个人所做的弥补

可艺术虽然需要更多人的鼓舞
却是为了
把作者一个人
不断地向完美永远驱逐

所以
我不知道自己应不应该孤独

但一座日晷上
我想做那根指针
独立出来
自己的存在不再继续与这世界依附
证明一种永恒
是我的终极所属
你却一再误读
只把我的身影
指向人间计算死灭的刻度

所以我只能回答
我正确理解自己的时候
完善与完美指向的是独立自足
并不会因此孤独

但当你们误解
这就是生而为人的痛苦
我不得不说
我像你们一样要保持孤独

2017年11月26日
赠大学同窗好友徐春霞

请珍视你的姓名

请珍视你的姓名
因为它会成为最好的古董

灵魂的水
和身躯的瓷泥
一直搅拌不停
然后
在你的名字上
用半生筑成了命运的模型
再用堆积的情感
上釉
埋伏下它的心情
最后用全部生命的热力
后半生把它烧制而成

于是一件瓷器
在你离开这个世界的时候
出窑
以你名字的名义
应运而生

你曾经
是粗制滥造
它只堪家用

磕磕碰碰之后
便会因为残缺被很快弃用

你曾经
如此讨喜
会成为一个时代的陪葬品
得以长眠几百年的安宁
然后
便取决于盗墓者的情趣
以及变成孤品的几分可能
才会身价一时陡增

你若曾经
一生都在为别致奋争
寄托了全部的个人感情
这件瓷瓶
就会承载了足够的灵性
会被收藏家们爱不释手
即使为了私利而被隐姓埋名
也会一直就这样不断身价倍增
只因为
你永远无可替代
是那个被埋没的时代唯一仅剩的光芒
有始而无终

所以
请珍视你的姓名
因为它会最后定格你的表情

有时候
一个时代的人
会流行几种发型
你不尊重他们
就会被当成了斑秃
无论怎么去解释
改头换面
他们都不会承认
这只是
你在掩盖疾病的证明

所以
不如放弃讨好
彻底变成一个秃子
把界限划清
反而
无论他们怎样盛行
都会过时
你的光头
后来却成了任何时代
都不会被否定的标准发型

所以
别管别人怎么说
别管时代会不会去聆听
你只需问问自己
关于你

你最想表达的是不是足够纯净

因为瓷石
首先要过滤去所有掺杂
才会保证最后的匀整

请珍视你的姓名
因为它有可能会价值连城
甚而倾国倾城

活着
即使你曾经拥有天下
死去
也只能留下一个姓名

2017年12月2日
毕业二十年赠诗同窗好友王纯

感谢上苍

感谢上苍
你一直坚持着慷慨的你
我才终于成为了我

你赐予我生命
它是一匹最高傲的骏马
当我驯服它时
任由我放牧草原的辽阔
当我屈从它时
只能肆意天涯流落

你赐予我时间
可以把一切细碎粘合
让我从此有了清晰的脉络
和坚实不摧的骨骼

你赐予我空间
没有它
梦想是头脑中一个个泡影
一个又把另一个挤破
有了它
我才亲手把心中的理想
在这世间最完善地一次一次临摹

谢谢上苍
你给了所有人一样的
还单独把别样的劫难也给了我

灾害中
我喘息着

病痛里
我呻吟着

毁灭后
我埋没着

但只要在时空里还活着
就会发觉
还会重新燃亮的自我

劫难一次次萃取和过滤
恰恰成全了我
舍弃了奢求与迷惑
最终得到了提纯后的自我

从此
这世界只要放上一点点我
就会被烹饪得味道鲜活

所以更要感激上苍
只留下最后最轻盈的我

像氢元素一样最简单的自我

还要感激你
把他聚变式地进一步激活
从此
我像太阳一样
在自己的世界里
就这样高高照耀着

只剩思想的光
和情感的热

那光
让我站在原地就可以到达任何一个角落

那热
推动万物生生不息
去坚守它本爱的颜色

感谢上苍
让我终于明白
你给了所有人一样的纸墨
而我要还给你
生命一如诗歌

感谢上苍
你一直万分垂怜最真诚的那些作者

2019年4月8日

我讲童话给自己

灵魂总觉得自己
应该是一只鸟儿
始终向着自由飞去
而身躯
永远是牢狱的笼子
要禁闭自己

身躯却说自己
一直是一条离不开水的小鱼
而灵魂只是
它吐出的气泡
到了水面上
就会破灭无疑

他们就这样对立
像一个水桶里
不能同时装下水与火
不停地争议下去
让人坐卧都难以宁息

于是我带他们一起
去看一片大平原
说道
只要给你们足够的余地
水在湖中

在河里
而架上篝火在岸边
却可以和平相处
你们都可以保留自己的立场
不必争一个高低

他们沉默了
不发一语
但彼此并不服气

我又指着一棵树说
身躯可以深深扎向土地
长出一层层根须
为树干提供养分和水滴
灵魂才可以更加茂盛
抱揽更多阳光
光合成根系所需
你们才能一起共同生长
经风受雨
小鸟的鸟窝才肯搭建在这里

他们各有所悟
不再互相猜忌

我又指着河上的小船
接着说道
小船总有一部分在水底
吃水够深
才能有足够支撑的浮力

让船儿承载更多的东西
但如果船舱太小
不仅装载不多
而且船很快就会沉了下去
一只鱼
如果没有鱼鳔去容纳气息
很难自由沉浮在水里

他们终于明白了
彼此永远也不能互相分离
于是重归于好
又互相拥抱在了一起

但不一会他们又不约而同
质问我说
你心里有没有足够的天地
像这片大平原
让水火共存
容许我们自在又亲密地生活在一起

我想了想
才回答道
也许
因为我给了你们这些
我就在天堂里
假如给不了
我就会深深地陷入地狱

2017年12月11日

给你的信其实写的是我

仇恨不会因仇恨解脱
烦躁不会被烦躁削弱

但忧伤可以因忧伤释怀
失落可以为失落转折

你问我为什么

那是因为
仇恨像菟丝子一样占据麦子
你注定不会成熟结果
而荒草肆虐麦田
烦躁会扫荡了一整季的收获

那是因为
忧伤只是水塘结冰
自己让自己在冬天的北风呼啸中平静了
而一颗石子投入水面
失落只是你看见又终会消散的水波

而我还想说

心是一堆天赋的柴
心灵是点燃的火

思想是它发出的光与热

而那些情绪
只是四面八方的风
不停地吹着

合适的风可以助长燃烧
太大的风却可以吹灭了火

而仇恨和烦躁
可以将你摧折
因为它是狂风想要的结果

但忧伤和失落
只是柴草燃烧不那么充分的假设
是火苗的内焰
在炽烈的外焰中藏着

如若
你的生命之火羸弱
就会被仇恨和烦躁吹折

而必要的忧伤和失落
却可以让火苗更为烈热

这就是生活的格局
其实仇恨和烦躁的大小
取决于你自己的柴和火的强弱

而我还想说

当继续追问这是为什么
生命的意义到底为了什么
我的回答是说
水向低处而流
而火永远向上燃烧
这就是全部的生活

当你的心
能容纳全世界的波折
这所有一切都是柴草
而宇宙只是一团永不熄灭的火
风为了柴
柴需要风来吆喝

而我们需要的是
思想的光和热
来与世界最光明正大的贴合

所以说
生来我们就生着
而未生之时
你连灭都不知道是什么

而灭酝酿的永远是生机
让一个人

点燃自己
然后为整个世界添一分柴
再添一分火
世界一直就这样点燃着

所以说
别让你的忧伤
别让你的失落
助成仇恨
助成烦躁
象飓风一样去试图吹灭这个世界的生机勃勃

因为生命一直向上
风去向哪里
不由得你
也不由得我

2018年6月12日
给兄台向宇的信

青春是一座迷宫

青春是一座迷宫
是有无限的勇气
去验证一次又一次的此路不通

当你走出来
却没有加持自己的使命
没什么可以庆幸
因为它已经无疾而终

假如青春可以重新来过
我不会做任何更改
只想告诉那时的自己
再勇敢一些
你要找的不是通向现在的捷径
而是寻找本身的荣幸

因为后来的爱情
那么多波折
才有现在的足够动听

因为使命
必须支撑超过自己
能承担的负重
才证明那就是你攀向天国的缆绳

因为人生
只有一片充分的沼泽
才能发源一条长河
去穿越历史的阻隔与裹挟
成为盛行

假如青春可以重新来过
我只想告诉自己
它不是一场噩梦
而是一张床
才有现在想象一切的可能

假如青春可以重新来过
只想多一个现在的我作为观众
告诉你自己
青春就是一座迷宫
却不是一回迷藏
你若只静静地躲在里面
上天不会主动揭开迷局
成全孩提游戏的好梦

是的
青春是一座迷宫
当你现在不想修改任何走过的线路之时
你就有了勇气
说我现在
依然在一场美好的青春之中

2018年3月10日
送给妹妹陈丹的生日礼物

你欠自己一个幸福的传说

这世界不为幸福而设
我们却为幸福而生
来这世上跋涉

这世界只会给你幸运
却对给你幸福
一向吝啬

一束火苗
总是希望世间无限广大
去释放全部的光芒
因为它自己让自己足够暖热

一只迷途的羔羊
总是祈祷四面八方无限收缩
羊圈近在咫尺
只因它被惊吓得
失魂落魄

你有一个幸福的线轴
时间才会一天天在上面缠绕着
越来越饱满
始终有致错落

但你生来就有一块蜜糖
在时间的急流中不断冲刷着

最终也将一无所得
只剩河水的味道
那样腥涩

会游泳的人
自由自在的鱼儿是你的朋友
不会的人在水中
你的朋友只剩垂钓般的绳索

所以我说

幸福只是简单地有一辆自己的纺车
你把这一团糟的世界
梳理成一根根细致的线索
再编织成你需要的暖和

而不是像一只蜘蛛
被埋进棉花垛
到处是它曾苦心经营的网
却什么也无法捕获

幸福只是你找到了一个支点
你只要站在自己一边
这世界就平衡于自我
不再上下颠簸

所以我说

幸福不是命运的施舍

而是你自己的选择

幸福与世界无关
只要它还容得你去选择

这世界不为幸福而设
这命运一直吝啬
但它却给了你足够的选择
就像给了所有人心脏的鼓点和节奏
至于旋律
你有十万种方式唱和
其中一种
就是幸福得让自己泪落

所以不用再多说

幸福是你自己的方式
自己所做的抉择
而不是
在这世界上和命运中
得到的结果

这世间总是先有幸福
才有幸福的世界

而你只要活着
还有选择
就欠自己一个幸福的传说

2018年10月30日

第二章 2018 江南云游

（古体纪实）

庐山春醒

溪从窗外过
河在梦里折
流汇山湾处
云雾尽将抹

2018年3月20日
借居庐山河西路旅店
醒来雨雪交加

庐山如琴湖春雨抒怀

千滴春雨播湖面
不见一芽半寸现
我落万丈尘渊中
嫁立庐山成新干

2018年3月20日
于庐山如琴湖忆琴亭

题浔阳楼

万水只量高低
无意过问东西
船行各截所向
谁与贯然同驱

2018年3月20日
于九江浔阳楼望长江
书赠平谷赵秋成兄弟

滕王阁春分题一字歌

一江水无同
一生何日重
一笔留惊作
一桥万世横

2018年3月21日
春分日过南昌怜重阳之王勃
此生幸有北大程凯兄弟
草作遥赠以谢

与蒋国良共醉夜醒晨游西湖

朝似美酒夜如墨
西湖可堪诗与歌
不醉不睡愿鱼若
瞠目一生不蹉跎

2018年3月22日
春分如年急赴杭州与国良聚

西湖畔思未名湖念同窗陈炜恒

风来一水百波荡
搅碎烁烁有千阳
别后常望北大远
分映江湖各带芒

2018年3月22日
数次来西湖憾未能与杭州陈炜恒同学把酒同游
北大百廿校庆将近忆未名湖岁月赠作抒怀

又面黄浦江

云厦楼林穿浦江
只带泥沙向澄洋
纵登万阶难飞去
换来轻舟与同趟

2018年3月23日
初春云游江南再过沪上
书赠同窗葛伟军先生

新月谣

弯月似小桥
星点粼粼遥
此生无船渡
唯有心远漂

2018年3月23日
江南云游初春望叹新月于上海
书赠同窗康石先生

浦江长思

一舟三丈长
可量千里江
一目十里远
亿亿思之乡

2018年3月24日
与运城张越刚先生遇于上海
诗作相赠

上海赏樱于复旦

南风惹人厌
闻樱须近畔
怒折一枝香
三春手中断

2018年3月24日
游复旦江湾校区
作赠诗友杨桢

黄浦夜宴

欲饮浦江千里水
怎奈肠转沙易堆
万沙难堆一拉雅
只做白鹭江中飞

2018年3月24日
与芦滨弟欢饮而题
望浦江畅叙

濠河听鸟

百鸟不读书
各唱各调熟
交鸣在晨昏
动听从四处
华夏共言语
驯叫同脸奴
未会歌情侣
已学万岁呼
常愿抛经去
不隐亦绝户
山中学一雀
语言为自足

2018年3月25日
孤游南通大学
留作远寄英伦南通人北大同窗姚飞

春夜题风荷亭赠友姚飞

濠河初春未生荷
唯有月映落残葛
南风荡荡层层澜
但擦星尘月不抹

2018年3月25日
初来南通夜坐启秀桥畔风荷亭
念姚飞兄弟英伦之远

登眺望江楼念友王一帆

江门连海户
扬子流不渎
千川编一索
扣系在黄孤

2018年3月26日
孤访江阴黄山江防要塞
念赠江阴籍同窗兄弟王一帆

江阴小石湾悼阎公应元

万死换跪阎应元
典史割胫未成全
只是昏君多汉主
千年伏叩几是贤

2018年3月26日
应王一帆兄弟之请
来祭江阴八十一天抗清英雄阎应元公

江南写给北京小朋友智涵

春阳明艳艳
小河把雨盼
南风吹落英
花雨无须伞

2018年3月26日
身在江南遥祝姜智涵小朋友生日
作赠古风儿童诗一首

江阴行酒

要塞不成防
轻举跨长江
夜酒饮至溃
兵不知君量
何以是江阴
把岸有黄山
攮细吞万浪
何以是澄城
千年昏昏事
皆向东海扬
春深一醉真
方扶归榻上
得过吴越关
梦入江南乡

2018年3月27日
北大同窗江阴顾上杲夜饮于黄山脚下
晨醒诗作补赠

题顾山千年红豆树

红豆每年圆
相思亦难断
君颜已磨乌
临树居顾山

2018年3月26日
江阴更念南京聂满丽
一别已是十三年

携游顾山赠陆明洪先生

顾山待客桃林边
宴未过半醉人前
君生本地不觉兀
桃花相思三倍酣

2018年3月27日
答谢陆明洪先生顾山款待

泰州夕阳赏月

皆赏水中夜明月
半个婵娟白日约
凤城河面夕阳斜
月静影舞唯我解

2018年3月27日
初来泰州凤城河岸夕阳赏月
身孤而趣不竭
作赠在京泰州友人陈旺杰

题望海楼

望海楼上难望海
我望此楼独京京
心生海苦欲咸泪
滚滚云滔卷东来

2018年3月27日
初到泰州登望海楼怀想
赠泰州北大师兄殷寅先生

泰州碑苑趣记

竹径傍晚深
千鸟归入林
夺碑抢为诵
半字未听真

2018年3月27日
于泰州凤城河畔碑苑

题瘦西湖畔赠师姐严岭

烟烟玉笼多少梦
醒来愿在扬州城
飞絮缠窗惊作雪
只信枕中又一重

2018年3月29日
与师姐严岭扬州初见作礼

瘦西湖醉吟

细雨初洗五亭白
长船野鸭同穿台
瘦西湖使离客瘦
春风纵尽我重来

2018年3月29日
豪饮瘦西湖虹桥狮子楼
赠末白初见

春游扬州宋夹城

春来风无声
鸟儿代其鸣
人向花去语
吹落瓣不听

2018年3月29日
同游赠萧楠先生

咏琼花

去岁花开飞作信
今时苦候未回音
带泪照样重又写
更高枝头遥念君

2018年3月30日
重游扬州大学
题赠扬大张亚维老师

答谢严岭师姐扬州领游

流过长春皆成酒
不走柳湖负扬州
桃花送影添长宴
鳏享半世任白头

2018年3月30日
感师姐扬州盛情
写最爱处题赠

影园重记

一生影何尽
惜我只一身
纵影献天下
人不可与均
避荫海棠影
分花表芬心
既得春之慨
何恋几瓣沉
醉饮落英下
影园敬长吟

2018年3月31日
重回梦念扬州影园
遥赠吾妹王晓红

西津渡之约

燕园一别隐天下
每年君影随春发
春烟四起更难寻
问遍江南无处察
唯见云台江鹰飞
海涯望远是天涯

2018年4月1日
一别二十一年
再见师兄马振兵于镇江西津渡
题镇江云台山云台阁

贾汪之问

四月半醒晨
群鸟鸣鸣问
人入梦之林
还或梦进心

2018年4月2日晨
贾汪大醉晨醒
作赠周长靖先生

题贾汪紫海蓝山

每春同无分
攒起木成林
缘何人将老
乏度已锁心

2018年4月2日
携游紫海蓝山
作赠王彬先生

第三章 轻敲她的窗

（新诗）

漂流瓶

一

爱情很重
有时在你心中
就像有一座山压顶

爱情很轻
乘上它
你和云朵一起
飞上了天空

二

人的一生
仿佛是一个漂流瓶
精心准备
只把最珍贵的封装在其中
逝去的时候
便放流到茫茫的时间之海中
你知道
千年后
只有足够幸运的自己
捡到它
才能得以重生

那时
你打开它
里面的所有
都已经朽坏不明
只有那一生记忆的空气
飘出熟悉的味道
因而让人懵懂地惊醒
给你一扇窗子
窥见遥远而依稀的事情

三

所以
不把任何物事装进水瓶
我想只在瓶底
刻上她的名
只因钟爱了一生

希望那时还能
想起她
找到她
重温这暖暖的一生

四

我们俩在今天
爱得水秀山青

我对她说
我捡到了上一次来这个世界
放流的漂流瓶
里面有我自己的名
还有你的味道
在里面的空气中
所以
我要照样再爱你一生

她也对我说
我们都很幸运
我也找到了刻着自己名字的瓶

我们俩总是能
看到俊美而熟悉的风景
然后拥吻
就像两个水瓶
对接在一起
让里面的空气
混合成为一种

五

就是这个最美丽的误解
爱人们
才又相爱了一生
然后再各自放流漂流瓶
还回彼此交换的名

所以
爱情有时很重
有时却很轻

2018年3月31日
于扬州大学荷花池校区文思而成

幸福地等待幸福

花儿可以向春天倾诉
鱼儿能够向江河倾吐
可自己全部的表情
只有那一面镜子愿意阅读

笑给了画师
只有他能让这瞬间凝固
哭则选择在雨中
可以冲淡流到嘴角的苦

但爱情
是能装下整个一生的火车
少年、青年、中年再到迟暮
一节节一起去奔向归途
需要两个人不离不弃
坚实的钢轨一样
誓死并排在时光那一段段共同的枕木
才能到达天国的归宿

可爱情
是天平的支柱
不是和你等重的人
哪怕现在就放在天堂里
也还是会倾覆

那爱情
应该纯净透明如清水
所以只有水仙一般的她
才能盛开不误

那爱情
应该纯洁晶莹如冰雪
所以只有雪莲一样的她
才有勇气把完美吐露

所以
会像一个柴童一样淳朴
捡拾生活中所有意义的枝节
好让未来生活的火炉
有燃不尽的温暖
火热的话儿
从不会重复

所以
得如王子一样正直
不让那善变的女巫
冒充成公主
把为她而缔造的王国乐土
轻易在她到来前颠覆

虽然现在还是一个人
还是要每天去擦拭那镜子

不让这世界的尘土
埋没了期待的鲜度

虽然现在只是一个人
会让生活再简单一些
好把守她注定要经过的小屋
戍卫所有咽喉之路

等待爱情
有时并不那么辛苦

就像鸟儿要经常从小窝飞出
飞得越高
望她更远
也可以把家的坐标
给她绘出一张更全面的地形图
让她的到来从不会迷路

就如同诗人准备写一首诗
首先要把自己从尘嚣中拔出
才能更清晰地扫描
通向作品成熟的一万种角度

等待爱情
与爱情一样幸福

只要足够投入

只要爱情终于到来
让他全部的等待形成一个回路

就像线有多长
风筝就能飞上等长的高度

就像梦越是香甜
睡得就越是充足
醒来后遇到走出梦里的她
爱的气力就会有多么的丰富

等待爱情
一个人也可以跳舞

幸福地等待
因为
你等待的是幸福

2019年4月10日

容身之地

这座城市
像一块电路板
他生活在这里

他就随着那里的人流
亦步亦趋
永远无法知道
这电路板的功能
是在支撑一台收音机
还是一台计算机

她因为网络认识他
来到这个城市
和他生活在了一起

她总是在这座城市甘之如饴
说这城市像一片树林的茂密
和他像小鸟一样
在枝头并肩比翼
跳来跳去

他却还是像千万人一样
只是众多的负电荷之一
做普通的事情

和她在一起
心中却没有一丝涟漪
直到越发窒息

然后
他不得不悄然离开了这里
五年中
失去了消息

终于
他忽然兴高采烈地回到这座城市
她还在那里

他激动地对她说
越来越思念你
我才知道
这座电路板一样的城
支撑的是一台电视机
用来播放的全是
我们在一起的所有的美好回忆
和对未来精彩的觊觎

我明白了曾经你的欢愉
也像小鸟一样飞回这座城的树林中
来找到你
重新欢快地在一起

她却冷漠不语

然后说
幻灭之后
我已经知道了当年的你

这座城
就是一块电路板
随着人流涌动
却永远无法知道
它支撑的是一台收音机
还是一台计算机

把树林忘记吧
我们只是千万人里
因为失去成为普通负电荷之一
我们的生活永远没有什么离奇

但他并没有
因此离去
就做了她的邻居
守候了五年
一心一意

直到那一晚喝得酩酊大醉
他在她面前
哭得像一个孩子
那样委屈

她才把他抱进怀里

说
好了
现在你不再欠我的
我也不再惩罚你
我们老老实实地
还高高兴兴地生活在这座城
一直在一起

然后
一生里
他和她在这座城里
只有欢愉

因为
那座城
有时是收音机
收听彼此的心曲
有时是计算机
解决命运的所有难题
有时是电视机
播放精彩的将来和过去

当然
它也是一片茂密的树林
两只鸟儿
从早到晚
玩着捉迷藏的游戏

爱情到底在哪里
其实它就是在一起

你们的爱应该能装下全世界
而不是在世界里
寻找爱情的容身之地

2019年2月13日
为别人的情人节而作

回忆的照明

风之所以为风
是因它一直在动

我之所以是我
是因为世上没有第二个人
知道全部的心情

时间长了
便知道
那风冬天大约向南
夏天朝北
并非肆意而行

也发觉自己
在你面前喜欢
说那些起伏的心情
而一个人
却呆呆地如此安静

我对你说
爱上你了

但你并不吃惊

你说
风之所以为风
是因它一直在动
我不会为任何人而停

我说
就如同人的眼睛
在一张面容
互相谁也看不见彼此
各有自己的目光
但他们只看到了同一个世界
爱情只是这种默契
两个人
有一个世界
一起看却不会重影

你第一次吻我
那一晚
明月高悬
没有一丝丝的风

2019年1月3日
纪念瑾瑜

实　现

不是爱整个夏天
只喜欢那只蜻蜓
用五年
咬破一层层丑陋的躯壳
去轻盈自在地飞出水面

我若爱你
会学它
用一生去蜕变

不是爱整个秋天
只喜欢那片麦子
向着寒冬发芽扎根
用悲剧
作为丰收的底线

我若爱你
会像它
经受世俗的考验

不是爱整个冬天
只喜欢那片雪花
来自阴沉的乌云
用洁白

飞向灰暗的人间

我若爱你
会如它
去亲吻你的脸

不是爱整个春天
只喜欢最早生发的野草
仿佛一个冲锋队员
用生命
去把旗帜插在重围的腹地
英勇地攻占冬天

我若爱你
会做它
一往直前

爱情到底是一次飞升
还是一种经年的积攒

想了好几年
才知道
若不是见你的第一面
就给它留下了足够的空间
堆积与流逝
只会漂白了一年又一年

所以

请给我你剩下的一生
让我一直这样勇敢
去把你的幸福全部都填满

倘若还有不足
来世接着去实现

2018年2月10日
致王韦力师妹

使　命

我的爱很浅
你才会一眼见底
知道我的那颗心里
到底是淘洗了一生的晶晶砂砾
还是堆积的赃淤

我的爱很淡
你才会洞悉了自己
明白颜色和味道
都来自于你想要证明的意义

我的爱很轻
你对我才是了然无疑
在芸芸生众之中
确信我心跳的节拍
可以准确地支持你的步律

是的
我只是山间的泉流下
一条小溪

可我爱上了你
并不希望你是一条小鱼
一旦寄生

就永远无法自立

我之所以爱你
恰恰相反
是想还给你
一个更完整的自己

我们都面临一场悲剧
泉水一生努力向上
才逃离了重压下
暗无天日的地狱
正如我们的出生
汩汩不息
可来到多彩的人间
一生却不得不向低处夸张地流去

所以
我不愿怀抱着你
顺流挣扎
给你一个不光彩的结局

你若爱我
也做另一条清澈的小溪
在我们相遇的地方
汇流在一起

波波折折
不是为了平息

奔海而去
只为一起晒更多太阳
把足够的灵魂蒸发出去
飞升为一朵云
好去自由地想象天地

是的
那样我们就有了一生的共同话语
河流不是在寻找东西
而是毕生都在追问高低

那时
才敢对你庄严地说
我在天上会和你一起一体
洁白得像云朵一样美丽
因此在人间
才敢
深深地
浓浓地
沉重地
一直这样去爱你

2018年2月11日
致王韦力师妹

理　由

不爱会有千万个理由
爱了
都会成为爱的缘由

他曾说
爱情是一座庙宇
只需她的泥胎摆着
虔诚就已经足够
她还活在世上
这就是全部对她的需求
每一刻的相处
都是我的经书
我会反复念她其间的好
天长地久

她曾说
爱情是生命之树开的最隆重的花朵
等着他也开放
交换心中蕊上的甜蜜
结一枚种子
成为真实的所有

大家都说
他们不会一起去走

因他为她在地上建了庙宇
其实等的
是她能点化他
向上飞天升仙的需求

因她为他开了空中一朵花
其实等的是种子
向下奔向土地
扎根在世俗恩怨的洪流

他不会为了她还俗
她也不会赞赏他的清修

但出乎意外
他们在了一起
而且誓守到了白头

那是因为
他们俩一次相约出游
他摘了一朵蒲公英
为她插上了头

那蒲公英
会从春一直开到秋
花朵谢了
随风散向四周
每一粒都带着洁白的羽毛

携着种子去飞
然后扎根在更加的丰厚
他们两个的愿望
谁也没有迁就

就是这简单的信物
让他们厮守到了白头

不爱你总能找到万千个理由
而爱了
只需找到一个简单的理由

2018年9月17日

密　恋

他说
当我爱恋你时
你就像一座高山
摆在面前
再也无法看见那后面

他又说
当我爱恋你时
你又如同一方水潭
在夜光中
如同幽暗的深渊

谢谢你答允我

把我瞬间就带到了山巅
让四面八方都光彩尽览
否则
要绕行得很远很远
才能重新回到自己的前面

谢谢你给了我光线

让那水潭清澈见底
看见泉水的奔涌

源源不断
否则
我会恐惧一生
梦魇连连

她说

可我不是一座高山
我看见你迟疑的样子
就像面对一个幼童的蹒跚
只要站在他面前不远
他就会勇敢前来
把走路学得健全

我也不是一方水潭
相反
我看见你犹豫时
就如同看见一个孩子
在水潭里放了一条纸船
泼水轻了担心它不会游远
重了又怕打湿了它
从此沉潜
我只是帮他吹一口气
就能看见他满面欢颜

她问他
如何知道自己那时就是爱恋
难道就是凭这紧张的情绪判断

他回答说
那只是表现
因为他心里装满了她
就像一只空瓶子
装满了酒就是酒瓶
装满了油就是油瓶
而装了空气
它还只是瓶子
是你
给了我对的标签
让我的性质从此改变

他也反问她
你是什么时候
确信这是我们的爱情
不是我一个人的独自表演
难道就因为垂怜

她也回答说
那也只是表面
当一杯清水里
放进食盐
就成了无法离析的盐水
放进白糖
就成了无法割舍的糖水
但放进纸片
我还是清水

是因为心里有了放不下的你
给了我质感
让我的性质也从此改变

他们相视一笑
又不约而同地说
爱情不是依靠努力去信仰对方
而是
两个人同时
重新定义了自己
因此发生了永久性的改变

在他们定情的这一天
彼此都明白
爱情总是很不容易发生
但要去放弃会更难

2018年11月23日

心上心底

文字是有重量的记忆
梦是心熄火后冒出的烟缕

而那月亮
是一枚闪闪转动的银币
曾打赌
如果它出现背面
他就会把她忘记
一月一月过去
它正面向着他始终如一

像一只蚕
试图吐尽要对她说的所有言语
咬破文字的记忆
得到的却是一只蝴蝶的欢愉
采集的还是她到过的那些地方
花儿开放的甜蜜

想把有她的梦吹散
她却又熊熊燃起
在那些空旷的夜里
炭黑的心
只有她的燃烧才能区分出他自己

终于知道
爱情就是在心上打了一口井
当二十米的深度见水
就会源源不竭
可以一直这样汲取

分手后
他就这样一个人过了十六年

和他在一起之后
你总是允许
他还是可以用文字和梦去纪念她

你总是微笑着说
这二十米的井
证明的是他的心地
是多么的丰沛而富裕

你只要求他的心再为她深挖十米
只相当于给她的一半
就是你那毕生所求的百年一遇

你说
我其实也会妒忌
可如果井的水平面降深到了地下30米
那便不再是我要的
荒旱也不担心的百年可期

你还说
所以
当我不确信你的爱是不是发自心底
就会把月亮当成一枚银币
如果旋转后还是正面
我就还会爱你在心底

他终于把你抱进怀里
说道

文字是有重量的记忆
梦是心熄火后冒出的烟缕

可现在的我全部都是你的
会一直燃烧着和你在一起

2019年2月11日
为情人节所作

纵不结果也要开花

爱上一个人之前
满街的人群
如泥石流一样
快要把我冲垮

爱上一个人之前
醒是梦的泥沼
而梦是醒的悬崖

你的出现
这街道如干枯了多年的树木
本来只有蚂蚁在爬
忽然长出了和你面容一样的
鲜嫩枝芽

你的样子
在白天
也在梦中织缝穿插
如今
时光终于被你编成竹简
把全部的青春都可以完整写下

在你面前
如同一个学步的婴儿

只要你在那里
便敢蹒跚地向前
一脚一脚英勇去跨

没有你的时候
又会像一个落水的孩子
够不着池底
只能胡乱地挣扎

于是
把要对你说的话
演习了千遍万遍
但还是不能确信
实际的战局会如何变化

但这一天
冲破了层层火线
战胜了自己对自己的重重封杀
只为把一个消息
交给被我心中的恐惧所围困的你
我的公主殿下

我爱上了你
这就是快要奄奄一息的表达

那是因为
你若已经爱上了我
不忍看你被自己的叛军兵临城下

你若还没爱我
披荆斩棘
荡平天下
等你安然地
检阅我的爱情
那嘶鸣的千军万马

只因为想明白了
得到了你的青睐
我会因你而升华
得不到你的嘉许
我可以因为自己而伟大

2018年5月20日

超　度

春天到来
有无数条路途
躲避寒冬
只有一座温暖的小屋

我的爱人
感谢你收留我的孤独

通向天堂
有一万种救赎
堕向地狱
是相同的加速度

我的爱人
感谢你照亮了我的无助

爱一个人
全世界都是理由
诀别
只需一处不再容忍的错误

我的爱人
感谢你一直把我当成一个顽皮的孩子
总是耐心去缝缝补补

是你经年的呵护
才让我们的爱情
长成了一颗参天大树

可我总是散漫成那一片片叶子
喜欢随着世事招摇荡浮
直到深秋
再也无法把树抓住
才知道
我只能飘向干枯

你却把我放在心中的最深处
一圈圈用年轮
把我团团紧紧地抱住

而你却总是对我说
那个树顶的巢屋
我们的家
就是为了支撑你去飞向远处
放心去巡航属于一个勇士
证明荣耀的领土
鸟儿的翱翔
并不需要背上任何包袱

今天
我才知道
所有相爱的人

都有共同的使命
就是幸福

但当我追问你
什么是你自己的幸福
你只是微笑
然后才深情地说
有你在这世上
一切就已然丰足

那一刻
我明白了
一个真正的爱人
就是对你的一生
终极的超度

2018年2月14日

爱恋前奏曲

第一次暗恋一个人
是那样焦虑

就如同一只刚出窝的小鸟
在高枝上颤颤巍巍
跳下去
你可能被摔碎
也可能投入天空的怀抱
正式确认自己
天生会飞

第一次暗恋一个人
是那般憔悴

就像欠下了她的高利贷
接近了
怕她债主一样把债务去逼催
离远了
又怕算不清利息
利滚利成了永远还不清的负累

可人生第一次暗恋
又是那么沉醉

就好像一只热气球
你只要把心里熊燃的火
一直对它去吹
它就带你越飞越高
忘记了回归

可人生第一次暗恋
又是那样的珍贵

你会如同一只萤火虫
有了发光的尾
照着自己的路
在夜里也不怕黑

你若问我
后来有没有对她表白
结局是喜还是悲
坦白地告诉你
当时我只有十岁

她就在这个世界上
玉立成一种占据的美
我也在我的心中
充溢着动心的美丽陶醉
内与外
是一样相同的水平面
不需要表白出一条沟渠
百转千回

因为我已经知道
焦虑和憔悴
也可以和沉醉珍贵一样
让人欣欣然去体会

那时
不知道爱情为何物
却知道了我天生爱美
没得到她的垂青
却知晓了自己是谁

对
那年我只有十岁
头一次学会沉浸在美好的思绪
而不是像之前
或者往后
一定要把它兑现成玩具

2018年9月28日

还有什么让我们倾城

城市是一座迷宫
入口是青春
出口是心灰意冷

所有城市没有什么不同
城是一个人戍守的尊严之城
市是通过交易让这一切达成
但大多数人无法进取
你就只是护城的一个
无足轻重的兵丁

尽管如此
这座城中的一切交易
就像一台电脑的逻辑编程
你计算不出自己想要的结果
但运算方式却永远也不会变更
于是卷进来
你就永远无法下定决心出城

那里
只有两个途径
让你自得其中

一个就是通过交易

富可敌城
就像征服了太平洋沿岸的所有国家
大一统
太平洋就成了你的内湖
这个汪洋之城
是你的私家游乐园
彻底拥有它
它的所有喧闹就成了你尊严的象征

一个是在这座城的迷宫
有一段爱情
而这爱情也像一座永远无法破解的迷宫
就像太平洋你无法征服
你可以有一座岛屿
永远也走不出去
于是太平洋也就变得无足轻重

可我一样也做不到
心灰意冷
却想明白了
人生就是一座迷宫
入口是哭泣
出口是沉默
所以城市和家乡没有什么区别
才决定离开这座城
孤老在田园的清净
死了一样
停止一切交易的运算不停

没隔多久
她在一场大雨之中
敲开我的柴门
瑟瑟发抖不停

她对惊愕的我说
你向我表白的时候
在那座城
你永远是那样格格不入
总是用淳朴善良
把未来的美好歌颂
我从小生活在这座城
真不知道
拿出什么才能平等地对应
当你默默离开这座城
我才知道
我可以爱你
随你到天涯海角
因为我可以倾一座城
换你这情谊深重

那大雨还在下
我即使满面泪纵
你也不知道
把她紧紧抱入怀中

我说

心灰意冷
沉默着离开那座城
就像死了一样再也无动于衷
但现在我又活了过来
重新又是一生
我会爱你
倾尽新的一生

人生是一座迷宫
入口是哭泣
出口是沉默
但你不知道
还有另一个出口是爱情
不是走向另一个迷宫
而是打开永恒

2018年12月9日

情书2018

爱上你
不是因为随你一起
与这世界割据
而是
江山被意义统一
君临天下
才能完整地爱你

没有你
心是那天上的云朵
漫无目的
随风而去
终会消散在长空
记不住任何痕迹

有了你
就如同两片雨云相聚
雷鸣电闪后
全部情感泼向一片土地
润化它
万物生长在春天里
有了一个家园
可以永远皈依

你问我
爱情到底是什么
我看不见
它到底在哪里

我把你拥进怀里
说道
它就是一盘围棋的规则
就存在于彼此的默契

没有它
一个再规整的棋盘
也是画地为牢的监狱
江与山
错综如棋
白天如白子
被皇帝和太阳占据
黑夜如黑子
被梦魇和月亮占据
人的一生散乱无序

有了它
黑子和白子
就知道了
如何都自觉地连接自己
把世界变成实地

两个下棋的人
越是交谈
越是紧密
世间棋盘无处不在
我们从此在世上无比地默契

你说
我也爱你
不是因为你会成为皇帝
不是因为你会下棋

只因为
我们都生而为云
情深如雨

2018年1月13日

情书2019

每个人都有两条腿
去支撑你流浪

每只鸟都有两只翅膀
去鼓舞它飞翔

每个心灵
都有源源不竭的两样
不贫瘠地活在世上
一个是情感
一个是梦乡

我的姑娘
当爱上你时
情感像打破牢笼的飞鸟
变得如此狂放

我的姑娘
当恋上你时
梦像被一场滔天的洪水解放
冲垮池塘
鱼儿衔接上了江河
永远也不再重样

当坐在身边时
你却只能看出我的紧张

那是因为想问一问
你有没有把我也如此地爱上

有没有觉得
情感的根根柳条
在冬天只会任由北风吹成鞭子
厉厉地嘶嚷
而此时在春日的南风中荡漾
绸缎一样流畅

有没有发现
梦里乌云铺天盖地
被狂风吹散
一片片云朵重新洁白
羊群般地在四处开放

姑娘
真希望是这样

我爱你时
拿出了出笼的宽广
献上了归海的浩荡

你爱时
给了我带着嫩芽的柔情

送来最自由自在的善良

于是我们
在情感与梦乡
生命这两条最主要的根系
互相爱上
再绑上所有生活的根须
就成了有羽毛的翅膀
我们可以让整个世界变成一只小鸟
开始飞翔

那时
你有些难以置信地恐慌
会问这爱情
到底是因为理性的光芒
还是那情感与梦乡
纯然原始的力量

我早已仔仔细细地在想

看那夜晚的天上
如果没有过月亮
只有星星杂草一样肆无忌惮描述荒凉
如若没有了太阳
月亮一个人
也不会在夜里静静开放

我说爱你时

是把理性的太阳升起
去刻画万物都在生长
不说时
月亮才会一直大于她所呈现的光芒

当我们爱时
世界就布置成相爱的模样
不爱时
每一个物体都在自顾自散漫地流浪

就像我那源源不竭的情感与梦乡
如若没有了你
我一个人
如同沙漏一样
毫无意义地在每一日
黑夜与白天不断颠倒
重复播放

姑娘
我就这样一直等着你来打破我默念的时间
让我的情感与梦乡
飞向本就属于每个人的四面八方

2019年1月15日

谎言交响曲

云选择了这片土地
会给她一场雨
直到自己飞散而去

我选择了你
会付出爱恋
直到老而死去

于是大地重新勃勃生机
而你也又会神采奕奕

可是烈日的夏季
云遮住了它
说这世界会一直清凉习习

可是凛冽的冬日
我怀抱着你
说这世界会永远温暖如一

云骗了这片土地
太阳炙烤
自从他终于散去

我骗了你

岁月侵蚀
自从我老到死去

但大地却自言
谢谢你
把我带入到最美的梦里

但你却自语
感激你
让我相信童话的际遇

于是
大地重新任烈日灼晒
从心里抽出水汽
好重新塑造出云在天际
像童话一样汇聚

而你
重新在每一个冬天的沉睡中
让我活灵活现地穿插在梦里
把自己的体温向我传递

这就是为什么
你喜欢在雨季说爱我
我愿意在冬天说想你
我们都说爱情会永恒不息

爱情是最大谎言

可是那些从未上过当的人
反而觉着活得更委屈

2018年7月11日

爱情稻草人

做一个稻草人
在你的心田守护
等着他们收割
有你的幸福
我只能驱散那些鸟儿
不来偷食你的青春
和体会你的孤独

我像你的布娃娃
任你打扮你期待的样模
可你
又希望我扮演神灵
可以庇佑
这片稻子在收获前不会被风雨倒伏
我的内心
多么的冲突

我只是上一季上一生
被你收割的谷物
早已经献出了全部
今生被你遗忘
只剩下了干枯
但我决意还用剩下的一切
对你无限关注

青春
谁都会面临一个岔路
向前
是一个割舍
向后
是种子一样重新回到童年扎驻
他们都很美
理由都非常充足

那个女孩最终选择了我
因为一世一世
耕种与收获只是简单的重复
跳出心田
还是一个孩子
四季都最幸福
她关心布娃娃
胜过大人们眼里的成熟

因此
我像一面旗帜
永远插在了她每一个梦的城堡
而她最不愿意更换的
就是我和枕头
这谁也无法说服

这个情人节
她又为我买了新衣服

她说
梦一个一个成熟
又一个一个远去
只有你
傻傻地陪伴着我
一直在原处

我傻笑着说
我永远也交不出成熟
但我会一直奉献守护

2018年2月13日

第四章　2019年江南云游

（古今体纪实）

斟酒谣

不饮心似鼠
举杯胸如炉
无道人人盗
有酒皆炭乌

2019年3月14日
赠肖鹏兄生日祝酒
于杭州西湖畔独饮

断桥春心

常忆西子牵牵情
西湖不留何人影
但愿一日携侣来
同观西湖蜜盈盈
每思脉脉我何在
永共西湖刻一生

2019年3月15日
断桥春迟寒风冷记
酒赠姚琳

对镜西湖

千年皱波滔
西子何曾老
满面皱纹生
风雨催我笑

2019年3月15日
于西湖苏堤
赠同窗老友蒋国良先生

云栖竹径咏竹

一生几节长
山高永难量
但有容足地
自拔立峰芒

2019年3月15日
杭州云栖竹径念
赠杭州同窗陈炜恒

你在舞台碰到我，我在片场遇见你

一生一次次收割胡子
只收获了沧桑与老去
一生一次次念你
却收获越来越深重的情义

只能一次次下潜到记忆里
才能见到诀别的你
开头那年是水深一米
现在已经是十六米

总是想
错的都不是我和你
你在戏剧舞台上碰到了我
我却在电影片场遇见了你

你希望我们在青春的时候
把全部的激扬留在转瞬即逝的舞台中的对手戏
全情投入
一分不余
因为一旦谢幕
只剩空空如也的观众席

而遇见你的时候
我甚至连爱自己都没有力气
穷得只有一台摄影机

它只能对着你
记录你的美丽与圣洁
一刻不离
我只是背对着镜头为你搭戏
甚至像一件道具
不妨碍彰显你更加细腻

这一场爱情提早结局
只是因为你在舞台上
我却在电影片场里
等着用余生杀青和剪辑

多少年来
我的影片拍摄还在继续
现在终于可以把镜头对准自己
打上足够的灯光
单独拍我给你的对手戏

一遍遍重播曾经的你
一遍遍独自去我们曾经携手走过的故地
只为把我情深义重的表情
和滚烫的对白
完美地插接到你当年的青春里
让剧情完美得
像你当年希望的最深情的演绎

你要在最青春的时候说爱我
累积一生不断剪辑

我想在老去后才说完整地爱过你
完成这部电影的后期

该说的台词你既已隆重地说过了
我也终会公映心中的影片
这是一部最严肃的正剧

你已经献出最好的青春
我得拿出一个精彩的影片
里面有一个完整的世界
才能容得下当年的你

刮了多少次胡子
只为永远清清白白地面对曾经的你
而之后的苍凉
我只留给我自己

2019年3月16日
于上海东昌路地铁站3号出口草成
献给还在上海的瑾瑜

沪上诉苦

当年添酒共论书
今饮壶中盛江湖
直拔魂断心魄散
杯空人空无可读

2019年3月17日
与兄台吴浩约聚
晨作且为见面礼物

题尽悠岛

春池顾自流
水月随我走
伸袖欲牵君
方晓唯梦有

2019年3月17日
重游闸北公园忆瑾瑜

周庄惜柳

柳垂千千手
春影怎抱走
空开一树花
皆成白发丢

2019年3月18日
阴历二月十二花神节
周庄古韵风小住赠向往先生

姑苏论情缘

平江乘小船
艄公带吴言
三成今日是
七分忆从前

2019年3月20日
乘坐艄公胥发明先生船
新情缘待忆江南

金陵春月

水映一尺月
愿换君一瞥
春风不绝来
碎作满湖雪

2019年3月20日
于玄武湖上白桥
诗念瑾瑜

金陵泪记

云洁投影暗
云乌雨不染
一生情如云
唯泪味不变

错河
2019年3月20日
南京玄武湖留作
致谢任煜男同学

注：1993年北大入学，因我主张个人自由主义被批评，指定班长一职也被选举替换。一个学期后，1994年春天，煜男同学第一个站出来为我抱不平，还流下两行热泪。今生永记，今过金陵，系煜男曾经的家住之地，特作此诗，致敬煜男兄弟。

眷江南

三月好江南
古貌花说鲜
下舟车欲去
春风左右缠

错河
2019年3月20日
于玄武湖上白桥
赠侄儿任旻翔

春分最扬州

噩梦不扎根
美梦不发叶
春风不进梦
何怨扬州夜

露沉玉兰谢
鸟鸣别落月
春分最扬州
不数几梦灭

月月月来约
年年花发帖
一重复一重
季季不曾歇

有情城不关
无缘梦为界
广陵照梦造
扬州不愿借

晨拾玉兰帖
花语露尽写
放予瘦西湖
待补水月缺

2019年3月21日
春分时节宿扬州
又为十五月满
恰逢世界诗歌日
步花山涧留作献予严岭师姐为念

题扬州花山涧

萍铺难通岸
云沉不是天
十里扬州柳
却缝衣仙仙

2019年3月22日
与清华张伟先生扬州相遇
诗作赠记相念

钓

线长河更长
鱼寻虫食忙
有饵通地狱
香香似天堂

2019年3月22日
扬州北大清华校友聚
即兴助兴而作
赠清华李镝师兄

访盐城

诗赠丈夫须题酒
悦取裙钗咏月羞
更盼一句争半夜
献予全榻将友留

2019年3月24日
造访北大同窗沈浩盐城老家
献诗为记，盼老友诗酒同聚此间
于盐城盐渎公园

在海一方

东海辽若梦
思思苦且澄
拍岸呓呓语
日月不同升

2019年3月24日
再来连云港瑾瑜大学读书地
淮海工学院纪念
独自望海作于在海一方公园

题未名桥

思君泪行行
滴滴含月亮
洒落静思湖
水天映成双

2019年3月25日
连云港淮海工学院
静思湖未名桥上
念瑾瑜读书故地之影

过淮安

花开常向上
集露作酒藏
淮安来饮春
醉倒钵池旁

2019年3月25日
独行于淮安钵池山公园
赠淮安唐洪波先生

题项羽故里赠兄向宇

石沉激狂浪
旷远波相夯
不留回天憾
盖世怎项王

2019年3月25日
为慰藉向宇兄之痛
特造访宿迁项羽故里寻诗意象
春日作之遥遥相赠

春青青

春无脚步声
种子能听清
发芽长新叶
开花唱光明

2019年3月26日
江南云游
遥祝北京小朋友姜智涵生日快乐
作于江苏宿迁

江南春夜

夜抹花色平
鸟梦不愿惊
独吟春风里
残月侧耳听

2019年3月26日
访无锡江南大学赠王琨
蒙平谷同乡王琨同学领游
入夜自度于小蠡湖作赠

江南大学小住听蛙

夜静听蛙声
蛙入人梦中
万语对蛙讲
各囿池中鸣

2019年3月27日
作于江南大学长广溪宾馆
遥赠友人刘筱筱同学

即心桥

时间应该用于抒发
而不是拿来攀爬

你总以为
或远或近的未来
可以把现在在另一端固定
你就可以这样循着它

可你的当下
一直在未来的边缘
它永远也无法到达

你的到达
是到达另一个当下

假若你把生命的重心
放在未来
只能因为失重而跌下

未来只是一个肥皂泡
闪着七彩的光
但若只有等待
就会发现里面空空如也
轻得一阵风就能吹破它

你的未来
如果是一个看得见的对岸
现在需要的不是想象
而是修你正在修的桥
或者一条船
你继续去驭驾

其实
未来只是你将公映的影片
你的过去和现在
正在积累素材
以便可以完完整整地剪辑它
你有多少已经实现的镜头
决定了放映
是不是你充分的表达

是的
它不是海市蜃楼
只能用惊叹的嘴巴
去称量它

过去在不断冻结
未来也在被过去持续向远处挤压
你或许会说
如此我们什么也不能做
只能被夹持在当下

其实

过去是你实现的未来
未来是你正构造填充的当下
现在
你就有一双完整的翅膀
别再计算攀爬
用它们飞翔起来
你有最大的自由
选择最美的枝头
在空间中达到你的到达
看到你想看的年华

你永远在未来的边缘
只因你在把握着当下

否则
你像所有人一样
等着过去把你推向注定一死
这绕不过的悬崖

那时你的未来
只是开在悬崖旁
迷雾背后
描述和掩饰死亡的迷花

但在此之前
我要告诉你说
让可以释义的过去与能把握的未来
变成一双翅膀

成为你飞翔的当下
除了悬崖
这世界辽远
所有方向都会达到你的到达

用现在捆束
和用未来绑架
都是一样的挣扎

时间该用于抒发
而不是拿来攀爬

2019年3月27日
江南大学流连于即心桥上
为给江南大学中文系的讲座预热

佑丰亭春雨记

云笼雪浪山
飞鸟入雨帘
桃红水中抹
青波向远传

2019年3月27日
与王琨同学共步春雨之中
小憩长广溪佑丰亭为记
赠王琨

题爱晓亭

铺湖水纸张
红日为我亮
不作万代诗
何涂神鼋窗

2019年3月28日
生辰日破晓独坐江南大学小蠡湖
赠王琨同学存念

江南溯春

翠柳缝长服
芸苔将衣补
遍地五彩花
皆印其间附
细雨浣又浣
春娘着绿朴
历游江南乡
常听轻风诉
芸苔并柳拔
春归无栈路

2019年3月28日
穿行校外河边村落油菜花田
写于江南大学
过徐州赠周长靖先生

请　醉

添酒不百回
此泪无从催
天下常灾旱
焦心灼尽悲

2019年3月30日
过济南探望忧国忧民之孙国斌兄弟
赠诗换酒

第五章　爱情兑换成一次次的回顾

（新诗）

街雨二

爱情很难永远
爱情的故事却容易成为永远

又下起一场春雨
在这个重复过几万亿次的春天

在楼上高高的窗前
望着行人们匆匆而行
打着各种颜色的伞

相爱时
总以为伞是一朵朵花
开在街的两边

曾经合打一把伞
就像一棵牡丹
我们是两条根
一起支撑着花的娇艳

但命运把我们移植到了不同城市
各自打一把伞
才知道
我们只是两棵植株各自的纠缠

现在

就静静地望着街边

那街道上
过往的片段
淋过又淋
已经枯朽得只剩灰暗

那一把把被举起的伞
像在朽木上生出的蘑菇
虚胖的质感

就这样望着
直到雷声渐熄
云的哭泣失去了泪点

太阳重新出现
人们都不约而同地收起了伞
只剩积水留下的一个个小水潭
浅浅
明晃晃
它们反射着犀利的光线

像从梦中醒来
想照照镜子
却难以在这堆碎片里
把一个完整的自己看全

回到现实

很多人像我一样
一场雨后
如同一场梦烟消云散

人就在那里
可你不知道你自己在哪里
只有到处都是无穷无尽的片段

这才知道
一场春雨虚构的雨境
一把把忽然生发出来的伞
无论如何
都在当时把你拔出人间
你在另外一种不同的语境里
才读出了
对这世界你还存有留恋

于是想
那爱情当时如花
去后如菇
都因为心中的一念

朽去的只是彼时的欢愉
却不是爱情本身
它会随时复活
又以蘑菇的方式重现

所以

如果那场爱恋是真的发自心底
它的枯朽
在心中也还会是生机盎然

这就是爱情永恒以至永远
最不需要信念来勉强支撑和掩饰的证鉴

爱情的欢愉很难久远
但爱情本身和故事一起
停不下永远

2019年4月20日谷雨

三生半世，爱情路标

世上的路有千万条
但每个人的心路
只有那一条

爱过你一朝
才过了半世
却经过了三生
回望来路
这一夜于此时静静泊靠

未遇见你时
如一枚蛙卵一样粘滞在人群中
四处浮漂

这是一生

我们相爱时
仿佛被孵化
一只蝌蚪以为自己是一条小鱼
肆意快乐地游遨

这是另外一生

等到

那一晚诀别
忽然就上了岸
大口大口地喘息
惊惧过后
才知道
一只青蛙为什么
长出蹦跳于陆地独行的四脚

这是再一生

爱一个人
有时能证明的
不是一刻也不分别的拥抱
而是分离之后
你还认不认为她对你依然至关重要

就像我已过了半世
虽然孤独一个人
却还是两栖着蹦跳

白天在丛林般的稻田里
沉默着穿行
夜晚
在有你的那回忆的水中
清亮地把你鸣叫

过了三生
已是半世

这样已经足够美好

因为
再相爱的人
心路也是各自一条
若那爱是发于心底的
其实在不在一起
你们也早已经是对方最好的路标

世上的路有千万条
而心路只有一条
爱情只是让人永远也不会迷路的
一块永远都在的路标

2018年8月13日
七夕前夕写给瑾瑜

思念双行体

时常记起
你笑得如此灿烂
我却只会默默地泪流满面

也时常记起
和你在一起那些甜蜜的片段
我却只会苦楚地哀叹

可你
是油灯上的火苗
除了忽闪忽闪
再也抓不到什么
但不想你
整个心里就会黑漆漆一片

可想你
就像钟表上紧了发条
留不住任何时间
如若不去惦念
表针就怎么也不转
荒废了一天又一天
一年又一年

有人说

爱情都是在一个繁花如锦的春天
其实
它之所以珍贵
是因为发生在一个冬天
那时世界冰天雪地
她的心却是像有炉火的小屋一样温暖
有了这样的爱情
四季的时间
才不会发生断点

有人说
爱情都是在明媚阳光的白天
其实
它之所以明亮
恰是因为黑夜抹去所有一切
若没有她用心照耀在你的对面
你只剩囚禁的梦魇
有了这般的爱情
让每一页自传都有了充实的正反面

所以
还是习惯
就这样把你静静地想念

如同一只飞在夜里的萤火虫
光明在尾巴上
照亮的一直是后面
自己却在奔向前方的黑暗

如同一只飞驰的小船
波澜都在船后
前面却都是平平淡淡
怎么也劈不开
这远方的岁月画面

真的爱过一回
哪怕只有一年
这一生就怎么也咀嚼不完

回忆就如同一个水潭
轻易就会把人漫过
沉淹
可你
却一直像停泊的一只小船
无论水怎么去涨
都一直漂浮在最上面

我无论怎么挣扎
也游不出来
不能再和你一起
坐在船上
交谈

2018年3月13日
纪念与飞鸟分手十五年

应许之地

爱情与死亡
是人类两个永恒的主题
它们背道而驰
直到我遇见了你

每一个人的一生里
时间如一条悬崖上的绳索
有人不顾一切地向上攀爬
去寻找山顶上天国的所在之地
每过一天
绳子下端代表的过去
因为不再承重就失去了意义

但对我而言
一直以为是顺着绳索下滑
落向看不见的死亡谷底
不相信天堂
只有生命的尽头
深渊的一片黑漆

所以绳子的任何一段
过去都有着重要的意义
以使我不被抛弃
但未来

却被犹疑的摇晃占据
只剩轻飘飘的恐惧

是你
在时间上打了一个新结
把一条新的绳索交给我
说它通向山脚下的一片田园圣域
我果然借此得以落地
却不得不放手了绳索和你

你没有骗我
那里有大地和小溪
只是在恐惧还没有消散的冬季
我只能拿凄凉的北风
送失望的你远去

但后来的许多年
春种秋收
那里果然更如你曾经所期
越来越生动美丽

真想告诉杳无音信
那个在冬季转身而别的你
爱情的确是一块生命自己永久的封地
死亡也许会把它对外关闭成禁地
却永远无法把它抹去
只要耕种
相信灵魂永远可以在此栖居

而我借助这块基地
一点点拓荒
把更多对生命的应许之地
放进美好的诗歌里
把文字的绳索
结系在更多滑向深渊的人们那里
来分享此时
内心的开朗与甜蜜

死亡与爱情
还有更多的生命应许之地
其实是一种平行的关系
对于时间
过去成了唯一的绳索
未来却永远可以被重新打结
去跨越到那些永久的封地

就让我们
听任身躯像门一样被死亡关闭
而心平行出来
永久驻扎在应许之地

谢谢递给了一根新绳索的你
假如
他们问我的来历
我得告诉他们
第一次让我脚踏实地的是你

现在

我还是不相信天国

但确信生命有太多应许之地

2018年8月16日

七夕致瑾瑜

春天与距离

拿整个春天想念你
只等来一场春雨
向整个世界追问过你在哪里
雷声的回答
猜不出是什么秘语

刚分手的那几年里
只会怨记你在冬季
北风凄厉
柳条像鞭子一样
一边抽打
一边唏嘘
全天下都在与我的命运为敌

现在
更愿意在春天惦念你

只因明白了
一个瑟缩的婴儿
离开母亲的怀抱
只剩遍体的寒意

但当他成长为一个游子
天涯浪迹

不管世上多么寒凉
想到母亲的怀抱
总是最先解冻在心里
春天总会早来些许

所以
离你十米
距离是怨气
离你一千里
距离会是无法替代的暖意

因此
春天的柳条
总是像你纺的纱
那样绵绵系系

于是
喜欢在想你的春季
来几声春雷
再下一整天春雨
慢慢习惯再不追问你的消息

那是因为
一条鱼
不必再歌唱这片水域
一个人
早习惯了清新的空气

就让这场春雨下吧
我知道
明天会是极其晴朗的天气
然后到处飞的都是柳絮

它每年都传达了
最简单又最明了的信息
那就是
我们俩都还活在世上
就是相爱过又没在一起的人
每年最想知道的机密

至于距离
不是我们之间的问题
因为我们只怀念
各自从那棵爱情的柳树上
飞出了合适的多少米

这世上有多少恋人
还在一起
却都已经距离那棵树
千里万里

2018年4月21日
怀念瑾瑜

从2518年回顾爱情的自己

悲伤时说爱你
就像一个孩子受了委屈
首先想到的是扑回母亲怀里

欢愉时说爱你
就像一个孩子得到了新奇的玩具
第一个要找的伙伴去分享惊喜

阴天时说爱你
是因为那时天下只有你还明丽

晴朗时说爱你
是因为我的神采奕奕
需要一面镜子
来看得清晰

黑夜里说爱你
是怕被淹没后再也找不到自己
要死命抓住你的生息

白天时说爱你
是希望迷藏的游戏
更容易抓到你

原谅我
曾经以为
敢对七亿男人狂笑
才值得回到你面前一次哭泣
但当这世界能爱的只剩下国王和你
悲伤地在阴郁的黑夜里
提前说一句爱你

你回答道
感谢国王
让这个时代
爱情变得又可以相信是至死不渝

然后
她把我像婴儿一样抱在怀里
那么地
小心翼翼

2018年3月3日

失恋十五年

前言

云是天空的梦
波澜是湖泊的梦
有你
这世界是我的梦
没有了你
我只在世界的梦中
怎么也无法去醒

一

自你离去
这世界就开始风化
越发沦落在一片荒漠之中
只剩焦灼的自己
淹没在昏黄的风
地平线时时在变动
远方你的来路
再也分不明

我下陷到自己的梦里
再套上一层牢笼
以躲避烈日的烤问

和月亮冰冷的嘲讽

庆幸
那些年里
偶尔会遇到你
来到梦中

可那是
一条深藏水底之鱼的钓饵
还是孵化了的雏鸟撞破蛋壳的洞
是看见了海市蜃楼
还是遇到了绿洲在大漠之中
永远也分不清

二

直到十多年后
你托朋友捎来口信
说你后来找到了幸福
一直沉浸其中

她还告慰我说
不在一起
那只是爱
在一起了
才是爱情

而信仰另一个人

只是爱
信仰幸福
才是两个人共同的爱情

三

忽然就如释重负
人一下子耿醒
我所挂怀的对她之爱
其实只是将自己的命运交给她
由她去把我的灾难澄清
以此摆脱自己的深重
确如信仰的作用
在她离开前后
一直如影随形

于是更加感激
她找到了归宿
为我也做出证明

共同信仰幸福
才是两个人一起的使命
才是属于他们真正的爱情

四

昨夜又梦见了她
才敢确信

那是雏鸟啄破蛋壳的洞
是一片正在复苏的绿洲
在我的生命之中

我从此悉心去耕种
把这片大漠
变成一片草原
去对应那朗朗晴空

那里
冬天一片雪白的纯净
然后是变幻色彩的草丛
只有我
和情感的羊群
自由牧放其中

有一天
在清清爽爽的地平线上
会有一个姑娘
朝我走来的美丽身形

我们互相献上幸福
才能成为加倍的爱情

我就这样耕种
这样憧憬

因为幸福的人

才有权用马头琴歌颂爱情

因为沙漠里的人
不能再用信仰捂住眼睛
来躲避风沙的幻动

结语

失恋十五年
我分清了爱和爱情
依然感激远远的你
曾经开放在过去的时光之中

云是天空的梦
波澜是湖泊的梦
幸福是我新的梦

2018年10月11日

爱时似秤，分别才知是天平

当两个人陷入爱情
她总要问爱她什么
他也总是回答
这永远也无法说清
以此表明她在他心中
是一种无限的可能

你问我这个问题的时候
我也和他们一样
回答得很真诚

那是因为

你有时候很渺小
小到如蜡烛上的火苗
在无尽的暗夜之中

你有时候又很庞大
大到总挡在我面前
抹去了整个城市
和背后的天空

那是因为

你有时很纯净
透明到这个世界
永远无法沾染一点灰尘
在你的心灵

你有时又很斑斓
五彩都在你的脸颊上
你微笑就会出现彩虹

那是因为

你有时会十分清冷
总觉得就快结冻
要不自觉地暖暖抱你入到怀中

你有时又会很温暖
只需想到关于你的蛛丝马迹
便会一刹那
让人热血上涌

以为对你这样的爱情
会是永远也无法说清
但在分手多年以后
却忽然有了答案
在我的心中

那时
与其说我爱你

不如说是我爱着爱情

那时
它是一杆秤
你的重量在不断变化
心的秤砣
要不断变换与你的距离
才能保持平衡
重量却从来不曾对等

现在
才明白自己的人生
爱情其实是一架天平
换过无数次砝码
才能知道
你是我唯一的等重
你我都拿出了全部
才恰好平衡

假如你再问我一次
到底爱你什么
终于可以说清
我爱的不是那让人目眩神迷的爱情
而是全部的你
是你
让整个世界重新对称

但你已经永远不会再站在对面

在爱情的另一端
发问并且等着聆听

可是我
当把自己也撤下那架天平
却借你的曾经
知道了
自己这一份的重与轻

2018年5月9日

感恩爱人，谅解平凡

爱情使我们开始接受平凡
不是因为这样会让我们甘于平庸
而是它背后是一个灿烂的转换

那时年轻的我
一个人时常会觉得孤单

一生里要和无数人
在街道中一起鱼贯
擦肩
一生里要和很多人
面对面
却连名字也叫不全

我们都在尽力表演
忠于职守
其实在彼此的戏份中
只是一句台词也留不下的道具
所有努力都为不去碍眼

那时
一个个黑夜
就主宰在上天
像一个魔术师的黑色台布

一盏

一掀

然后有个平庸的人

已经加冕

一盏

又一掀

那个长得奇形怪状的穷汉

已经进入了财富榜的前三

他们的唠叨也能

占据所有电视台的黄金时间

那时

你永远不会明白

上天按照什么标准挑选演员

哗众取宠

或许就是最正大光明的手段

你也只能等着魔法在你身上实现

直到那一夜

她郑重地站在我的面前

说道

看那黑夜

是万亿颗星辰钉挂起的幕帘

月亮是舞台的射灯

你只要仰头去看

就正对着你

等你说出爱情的台词

一板一眼
吻我
你就会站在世界的中心
全人类都为我们的相遇排练
等着聚焦这一刻的圆满

于是我第一次吻她
却忘了像她一样闭上眼睛
不自觉地去看那月亮
是不是正对着我们
角度会不会变

后来
我们之间的戏份越来越多
难舍难分
不限夜晚
还有太阳高照的白天
只要去望一望
就能确认
它们正对着你
而我围着她
一直是这个世界的男女主演
世间此后都由我们一起去贯穿

而别人在我身边
也终于知道
他们兢兢业业的平凡
也不是在等待上天的魔法实现

而是他们都有自己的剧本
都有自己的理由争取而来的主演
心中的光辉一直大于人世的平凡

这世界会公平到永远
去望一望日月
它一直正对着你
一刻也不曾改变

所以要感谢你
我的爱人
让我明白了
只要感受着我们之间的爱情
永不熄灭着绚烂
就一直是一个全情投入的主演
这世界上我才会甘于平凡

2018年11月16日
写于感恩节前

爱如姐妹

掌握不了整个天空
但闭上眼睛
就可以把它全部抹去
再也望不见遥遥的她
可只需涌上两行热泪
就能够把她贮存过的体温
全部调取

大凡爱情
都要有这样的经历

你先是想
爱情就是一种自我的出离
爱这个异样的自己
胜过对她的体恤

后来
渐渐淡去
你又回归了自己的恶习
对她开始放肆地要东要西
像一个孩子的顽皮
指望她像母亲一样
既无限关注
又不捆绑
纵容你可以尽情地淘气

这当然不会被允许

最后

你不得不折中

选择那样的她来迎娶

像一个姐姐或者妹妹

彼此不痛恨

但也不需要阿谀

所有两个人的一切

都像血缘一样

充满道义

就连分离

都成了迷藏与找寻的游戏

通常

一个人要有几段恋情

才能达到如此的默契

可我

在她一个人身上

就把这些全部经历

从出离

再到被纵容

一丝不苟地演绎

但却是诀别后

经过了最初的痛哭流涕

此后才知道
她真正的角色
是一个暖暖的姐妹
我才不得不永生地挂记

多少年了
再也没能见过你
可一旦想起
不是痛彻心扉
只像一个远嫁的姐妹
隔着千山万水
暗暗地念记

有时候
你爱一个人
就像无法掌控的天空
只能闭上眼睛
把她抹去

有的时候
你爱一个人
虽然遥遥不再相遇
可只需几行热泪
就能把她的一切
虽是过去
却暖暖地
全部调取

2018年1月27日

心上身旁

你一直在我心上
为何还是思念着远方
你就刻印在胸膛
为何还想再见一面
怕把你遗忘

曾经
一个人禁闭在躯身上
母亲只孵化了它
却唤不醒
一个人沉沉的梦乡

是你
进入了灵魂的帷帐
打开了窗
让人醒来就相信这之外
世界也充满阳光
是你
点燃了炉火
让人知道这黑夜里
也有依傍

从此明白了
在这个世界上

所有征伐的血剑刀光
都是为了
守护我和你在一起的家乡
只因
你早进入了躯身
住进了心上

你离我而去
只有一个原因
我没有带着足够的光明和温暖
进驻你的心上
孵化不了你
只是莅临了你的梦乡

可是
我的姑娘
等你醒了
哪怕千山万水
也要告诉你
你的善良
可以换来整个天下全部的荣光

可你会说
会像我一样
只想
一个最爱的人
依傍在心上

你说
他会一直在心上
也在身旁
他就刻印在胸膛
死了也不会遗忘

2017年12月30日
写给瑾瑜

嫁接才是最好的愈合

有人说
时间可以抹平伤痕
淡忘终将会代替执着

那么试想一道沟壑
或者一处坑洼
岁月如水
不停地灌注进去
不断地埋没
看似最后平整了
却还是承载不了任何再次地触摸

那一年
她的离开
他像一棵小树从中弯折
以为从此只能任旁枝侧叶疯长
却只会把疤痕更为明显地衬托

是的
初恋或许只有三年
却要耗尽一生去涂抹

但有一次
她在梦里对他说

如果
疤痕就是这场爱情的结果
只能证明
他们分手是对的
恰是说明从开始最好就该错过

你留恋的不是失去
一定是因为所得

那一早醒来
终于明白了
他把爱情想象成可以呼风唤雨
她却一直在教会愚钝的他
像童年的伙伴一样
纯真不阿
她想做一个小公主
他却在痴迷着
祈求遇到一个会法术的巫婆

终于
知道了分手不是一次弯折
不是伤痕
而是一次嫁接
好重生一个坦荡得和王子一样的他
配得上她的
新的自我

他就像一颗野生的黑枣苗

去了枝干
嫁接成了一棵柿子树
长满灯笼
照亮一切
好更加丰硕

他从此就这样把她一直感激着
自己得以愈合
并且为了等一场更完美的爱情
重把新的主干生长着

因为
他反而更加期待
自己的未来去开花结果

所以想说
别再试图用时间把伤痕填抹
你的疤痕
大多不是因为永远失去了什么
而是因为你还没有想明白
你真正想要的所得
和该去嫁接什么

嫁接更加美好的
才是伤痕最完美的一种愈合

2017年12月9日

假　设

相爱时
时常觉得你是心中的一方水泊
清清澈澈
各种感受
像鱼儿一样在里面鲜活地游着

后来分手了
想起你来
就如同一个钓者
需要漫长地等待
才能把关于你的记忆
鱼儿一样钓着

但出水之前
再看不见关于你的什么

再后来
你就散乱地蒸发
云一样散乱地
在天空里飘着
想拼起一个完整的你
却只有乌云如墨
雨会胡乱地打着

最后
一切都不再由我
你只能在梦里
偶然地闪现着

等到梦和现实
再没有任何落差
我自己也被时间彻底淹没

你已经抽象成一个名字
只有这个词语还在头脑里活着
如同一条小鱼
我只在念你名的时候
它像气泡一样吐着
然后会浮出水面
涨破

终于
我知道了
为什么爱你的时候
你在心中会像一方水泊
因为我会成为一条小鱼
什么也不会再记得

这个清晨
忽然惊醒
看见你还在旁边睡着
却有眼泪在梦中滑落

叫醒了你
你像婴儿一样抱紧我
说
我梦见自己的心变成了一方水泊
你像鱼儿一样在里面藏着
却怎么也找不见你了
边说边啜泣着

我于是也把她紧紧抱着
说
我不会变成小鱼一样藏着
会成为一条小河
在你的身边一直这样流着
让你的心
永远也不会干涸

2018年6月6日

第六章 文言的日常

（五言七言）

谢娘亲

张臂难阻风
执火怎驱冬
但有慈母在
贫家灯也明

2019年5月12日
母亲节叩谢娘亲赵瑞兰

清　明

春芽不近云
却承雨水恩
与亲生死远
每念泪泽心

2018年4月4日
清明祭亲

夏　至

日借影渐短
半年皆又还
得息多半岁
更添忧与烦

2018年6月21日
夏至
赠同窗周国元

新月新

弯月如蹄印
烁烁每似新
何故不见马
一跃过天津

2018年2月22日
正月初七颂第一个新月
赠侄儿Leo Wu

月亮谣

每每眨眼睛
十五月常明
人间夜正好
永观目清清

2018年6月9日
为小侄肖睿阳满百日庆

月弯弯

月似摇篮轻
弯弯睡梦婴
我若婴之梦
还或梦如婴

2018年12月7日
贺赠李一贞生日

早　春

春来无需路
寒退何必促
一棵野草生
刺破冬心处

2018年2月5日
赠兄台王良钢先生

雪　思

君名刻雪上
化而随河淌
聚日比雪短
相思似水长

2019年2月14日
于平谷洵河上

与向宇兄共醉金海湖

水清因日亮
月染披银光
风撕雨凿过
一湖不留伤

2019年4月13日
与向宇兄共饮金海湖畔
赏水色山光

初　春

冰化月影还
草生惊柳眠
早蜂花难觅
见蜂春人前

2019年3月1日
平谷初春作赠刘佳坤

观错河

河流水永行
人可岸上停
街中滚滚事
旁阅无须经

2019年1月14日
赠曲艺先生于春节前

寒夜闻雪

雪为云花瓣
凋落飘四散
推窗欲闻香
飞进却不见

2019年2月14日
是夜大雪纷飞

暖　冬

寒风吹凛冬
枝枝冷冷空
飞落一树鸟
木影如夏中

2019年1月27日
（五九第一天）
记王卓异程凯两位兄弟到平谷管家庄

桃花约

桃花开四月
年年不负约
情深堆几许
莫问隔世蝶

2019年4月12日
与刘朝东兄再探桃花

赠何清远

风雨天地宽
命运无护栏
江河自修岸
万里到海前

2018年9月2日
于平谷金海湖

赠三十年故友张云芳

树壮长十年
伐断一时间
新知成故友
更惜今世缘

2018年12月30日
与张云芳同学结识三十二年

自　在

云随风北移
鸟从心飞西
梦里人似云
醒来恰鸟去

2018年5月1日
预贺生辰赠王慧

金海湖赏秋

红叶遍山坡
似瀑铺如火
画收一日秋
永燃在纸帛

2014年10月24日
秋日游平谷金海湖

观　秋

深秋染黄叶
树树如孔雀
飞落几只鸟
耳语鸣不绝

2018年11月9日
赠北大同窗王慧

海棠春趣

追蝶落海棠
与人捉迷藏
一时东风起
千瓣作蝶翔

2018年4月14日
遥赠同窗冷静

金海湖与卓异饮

白云几分重
倒影水中轻
多少云结事
过梦散无踪

2018年8月20日
于金海湖畔

立　春

立春颂南风
唯有北风聆
譬如子未育
歌与产婆听

2018年2月3日
立春前夜作于平谷

立　秋

暑长翻历重
立秋页忽轻
不似闲蝉诵
两季念同经

2018年8月7日
立秋喜作赠同窗李光

问星天

荡荡星海间
弯月似轻帆
何人驾舟去
何岛可居仙

2018年12月13日
赠新友陈丹姑娘

秋　念

千里如线纺
思君别样长
欲织重逢景
此泪易断行

2018年9月6日
致瑾瑜于错河堤岸

秋　题

落叶似乱蹄
纷踩踏遍地
我拾一片黄
夹于史书里

2018年10月6日
书赠北大同窗王纯

叹　秋

春来可还俗
秋至且剃度
皇阳赐冷暖
草木随时务

2018年9月30日
赠北大同窗王之昉

探　秋

花开春风后
叶放迟在秋
雀鸟穿枝唱
同词赞不休

2018年10月23日
霜降于北大未名湖
敬赠叶然冰师妹

冬　情

寒深木色灰
何曾忘新绿
我心冬亦温
只记燃燃岁

2017年12月27日
敬谢魏贤良先生

金海湖赏遍山红叶

秀山嫁寒秋
盖红掩青羞
贫冬忍穷月
玉岁又悠悠

2017年10月29日
与友河兄同游金海湖赏秋

金海湖饮赠慧荣师姐

风波写满湖
抹去又重书
投石标一页
共记我所读

2019年4月14日
北大师兄师姐聚饮金海湖
重书赠82级师姐李慧荣

惦　念

悲时心也重
喜事魂觉轻
别君过十载
梦不知梦空

2019年5月9日
作赠熊勤吾妹为念

戏　月

半月倒满琼浆粘
天公约酒举碗干
我饮三斗今夜醉
他竟慢酌十五天

2018年5月28日
又近月圆，月色将满
与程凯、莫艾聚
赠侄程小满

校　正

棉秧结棉枯于冻
菟丝不根繁且荣
避隐空山一世老
自语自言自洽通

2018年12月20日
赠高中同窗霍光先生

异乡中秋

光似蛋白月如黄
欲孵难暖天苍苍
我将明月抱入梦
一枕同巢归故乡

2018年9月20日
忆海南时光诗赠同窗徐春霞

陪清香师姐访平谷桃花

一朵桃花不语声
千倾桃林沸而腾
桃花深处人尽煮
红尘极处魂轻升

2019年4月14日
与北大师兄师姐聚平谷
赠82级李清香师姐

泼雪独行

远山近树飞雪白
涂去杂笔留韵开
我入画中衬此景
谁立雪外画出来

2019年2月14日
平谷初雪

醉　言

海边遇月升洋面
庭中见月出东山
越山渡海难抚月
酒翻几案月近前

2018年7月25日
送行方一昕赴英伦

劝　进

从来河流弯取势
自古路筑近求直
性惰淹淹荡随水
志壮生翅跨山驰

2018年1月15日
贺侄儿任旻旸生日

盛夏凉月明

月明更衬窗棱暗
路过草庐人皆叹
安知早熄长泪烛
悄请月光来榻伴

2018年6月28日
赠北大同窗刘邦兴

除 夕

风来四处无一旧
云过青天皆新游
除去昔时尘与负
年年人在岁前头

2018年2月14日
与北大平谷同乡众师兄聚书

钢窑新传

人言往事了似烟
故地重来仍觉寒
若非一生心向暖
锁进冰潭冰即天

2019年4月21日
与王强兄弟重游钢窑

赠吾妹王晓红

世事纷扰难停
风波易乱人情
冰封自使水静
沉哀常得检省

2017年12月4日
吾妹生日第一次赠作

答和洪涛兄三十年相交纪念

人生百岁百尺浑
清清去览余丈深
重逢互敬见底酒
卅年皆是好青春

2019年4月24日

1989年夏与洪涛兄相遇平谷湖洞水时，吾仅15岁初二，而洪涛兄大四将毕业。三十年来，承蒙兄台点拨与勉励，后入北大弃从政之想，而立为语言奠基之志。然为世事左右，又才疏学浅，抑郁不明中多周折自弃。洪涛兄倾尽所能相助。无以为馈，唯愧在心，后十余年不敢直面。如今相交三十年纪念，终有所小成，寄去拙作六部。洪涛兄甚悦，赋诗再勉。乘兴答和。盼约重见把酒庆之，切切。

附：洪涛兄原作

题与晓东贤弟重逢兼怀卅年好时光

阳春时节又逢君，
桑田沧海半世寻。
若非君名清若此，
哪能涤我俗染襟？

洪涛
2019年4月24日

第七章　给孩子们带路

（儿童诗）

孩子，我们都是被埋没的诗人

生命就是宇宙之诗
当能将自己把握
你就将永远诗人一样在生活

当我们是一个孩子
所有人都来自幸福的花朵
结下的一个桃核
水蜜把大家包裹
但一点点成长
一点点褪去
就会埋没于生活

但别忘了
无论水蜜的皮如何蹉跎
无论多深的土层把你压着
你都会听到春天经过
然后生根发芽
把黑暗与压制突破
生根发芽
用你积累的坚强
一点点成长
开出更多持续不断的花朵
结出更多甜蜜的桃果
只会还给世界更多

这就是生命之诗
这就是伟大的自我

你若问诗中是什么
它就是生命与美的光合

那是茶
你把生活最鲜嫩的芽摘下
小心翻炒
把春天打进包裹
在冬天里泡开
春的味道依然鲜活

那是酒
你把丰收的收获
精心酿造
封藏为醇香的仓垛
在凄凉的时候打开
让你沁人心脾地暖和

那是琴
当陷入沉默的时候
你什么也不做
它也无话可说
但你只要优美地去弹拨
它就会悠扬地总能复活

对的
诗就来源于自我
来源于生命的主动与攻克

你若问诗的背后
我们得到了什么

当你聚精会神写一首诗的时候
你从自己被埋没的生活
像种子发芽一样
把一切束缚都突破
阳光普照下
伸展就是你得到的收获

你在乌云笼罩的风雨里
望不见迷茫的尽头
但你飞出云层
太阳一样高照在最上空
世界每个角落的阴晴
你都可以了然地评说

你如果像小鸟一样不敢出窝
这一生就只能
靠别人的喂养去存活
当你克服惊恐
投入天空的怀抱
飞翔就是最好的沉着
所有风景任你优雅地掠过

你若越来越疲倦地生活
你就在世界这场梦里
什么也不能做
但你写诗的时候
世界是你的梦
你永远可以醒来
再按更好的方式
重新来过

这就是你得到的
最好的自我

它很简单
生命是一种主动的活
当你驾驭生命飞翔
才不会辜负世界的开阔

你看不见世界到处是生机盎然之诗的时候
只因为你还被埋没
但你只要还在活
你就是那土壤里
埋没的一颗桃核
就永远忽视不了
春天在一年年不断地经过

孩子
所以我要重新对你说

生命是宇宙之诗
当能将自己把握
一直向着最美好的方向飞翔
谁都是诗人一样在生活

而那个水蜜桃的桃核
终会明白它一生的使命
不为失去后的干涩
也不会是埋没
都只是为了生根发芽
开更多坚定的花
结最甜的一个个更好的新果

你天生就是
一个注定伟大的诗人
不要停留在埋没
孩子
我要再次对你说

2018年11月30日
为文汇小学的同学们而作

从儿童到少年的忠告

小学的毕业季节来到
你从儿童长成为少年
就要从父母的怀中起锚
把属于自己的航程寻找

只想给你一个忠告
做一个依附而乖巧的小草
不如成为一只永远选择世界的小鸟

曾经的老师
只能教会你平稳一些的奔跑
关于飞翔
手把手永远也不能学到

所有的知识
都只告诉你怎么不被摔着

但飞翔总有诀窍
那就是生出一双翅膀
一只是去自主命运的重心
另一只是勤于独立的思考
才能飞上云霄

你曾经的老师

在教你和小朋友们赛跑
但你要明白
不是奔向终点
而是为了飞翔
时时准备抢先起跳

还有一个误区
将来你会知道

当作为少年的你打开了更多知识
从四面八方涌来
它反而可能成为你的监牢

每一个知识
都可能成为禁忌
阻挡你终止了独立的思考

每一个知识
背后都有一个为什么存在
离开这个为什么的限定
任何知识都是迷信的教条

停止了继续追问
文明就是鸟的笼子
可我们只需要的是一个鸟巢

你若沉陷在无穷无尽的答案中
没有学会最简单的三个字

属于你的为什么
再会飞的小鸟
也只能在笼中哀叫

你新的老师
会教你很多答案
但你要明白
他们只是教会你如何归巢
只因
这是继续飞翔的必要

你要知道
新老师的苦口婆心
都只在强调学会设问的方式
这是她对飞翔的教导
而不是为把一只鸟笼
反复向你推销

可你若没有学会飞翔
一直以为
学习就是和别人赛跑
终点
就是一座知识密不透风的监牢

所以
要给你忠告
做一个依附而乖巧的小草
不如成为一只永远选择世界的小鸟

连一棵蒲公英这样的小草
都在努力给种子羽毛
借风去重新选择他们自己的丰饶

从儿童到少年
成长就是因为
你不再是扎根在父母怀抱的小草
而是为了选择属于自己的世界
去成为一只正式学飞的小鸟

父母
老师
以及未来的知识
都只是为你搭建的一个温暖的巢

更精彩而幸福的一切
只有勇敢去飞翔了才能找到

2018年7月16日

为付浩然小朋友小学毕业典礼而作

孩子，送三个锦囊伴你成长

那高枝上的花朵开放
是种子瞭望世界的窗
好把空中楼台上的向往
安植在最合适的一片土地上

孩子
你会长大成人
送你三个锦囊
期待你健康成长

你有一只毛绒绒的小鸡
打破蛋壳来到世上
但你发现
她要靠你喂养
虽然长大了
长了翅膀
却怎么也飞不到天上

后来
你有了一只小鸭
也有不会飞的翅膀
但她会游泳
自由自在的浮在水上

于是你想
要是有一只鸟儿
既能游泳
又能飞翔
会多么值得赞赏

然后
你终于找到了天鹅
实现了最终的愿望

孩子
我们就像在一座山脉之中
你一眼看不到最高的主峰所在的山梁
但我们可以爬一座座山峰
站在每一座虽然矮一些的山顶上
才能知道主峰的方向
不同的山顶
有不同的风景
而主峰也会呈现不同的形状
任何一个山巅
都是你的征服
都要为此庆祝
给自己更多快乐和力量
这样
你才最能坚持到达最后的主梁

天鹅很完美
但她代替不了

小鸡和小鸭的模样
她们会生蛋给你吃
还会一直陪你在身旁
伴你一天一天快乐地生长

这就是给你的第一个锦囊
它就是
不要因为最后的完美
就否定其他事物本身的特长
幸福才能时时伴你成长

如果秋天来了
天鹅飞走了
你会惆怅

然后你无心去把
小鸡和小鸭喂养
她们会在冬天里因冻饿而亡
你会更加孤独
沮丧

孩子
小鸡和小鸭都是你的朋友
你要因此而感到羞耻
那是你自己的过错
虽然同情你的感伤
但你不应被原谅

不要把自己的心理
摆成多米诺骨牌的模样
一块倒了
就倒塌了一整行

这就是给你的第二个锦囊
不要因为一点挫败
就放任自流
摆出自暴自弃的模样

小鸡和小鸭
会赠给你羽毛
可你收集了再多羽毛
也无法飞翔

让你自己成为天鹅的
只有脱胎换骨
树立了一个远大的理想
因为你放眼了天地
才知道冬天什么地方温暖如春
有了去远飞万里的决心和力量
你在漫漫长途中
才不会迷失了方向

小鸡和小鸭给你的羽毛
你去扔出
它自己也不知道飞向什么地方
可你做一个毽子

把羽毛扎在其上
就会飞得平稳而均匀
如你所想

所以
这就是最后一个锦囊
树立天鹅一样圣洁的理想
变成天鹅一样
所有美好的羽毛
才能长出在你自己的身上
助你飞翔
永远生活在水草丰盈的地方

不要以为借了羽毛
就可以简单妄想

孩子
只希望你健康成长
因为幸福而成功
不是因为最后的成功才幸福

这就是为什么
给你的成长
我要送上三个锦囊

2018年5月30日
提前庆祝儿童节

孩子，告诉你幸福的模样

没有无理由的幸福
只有莫名的哀伤

孩子
你问幸福到底是什么
我只能告诉你它的模样

幸福是小鸟的飞翔
无论生活多么跌跌撞撞
所有的摔摔打打
都是为了把一颗浩浩荡荡的心
悬挂回它本应归属的
无边无际的天空上

不要在乎别人的道路
是泥泞
还是悠长
飞起来
你总能到达他们想象不到的地方

你的未来
应该永远大于现在的估量

幸福也是小鱼的欢畅

过去的时光
像一潭清清的泉水
任你自由地徜徉
你可以停留在任何地方
每一处都能回忆出甜香

不要管别人的浑浊
他们以为那是最好的隐藏
可是因为窒息
他们不得不喘息在水面上
只剩事与愿违的悲凉

你的过去
应该是现在最宜居的屋房

那么
现在的幸福就是云朵的畅想
天空从不吝惜她的宽广
展开就是最好的恰当
让梦想与行动重合一致
毫不迟疑地做你期待的模样

不要学别人
拖着梦幻的磨盘
原地打转
让一切都消磨成了粉碎的糊状

你的现在

世界就是一面镜子
你怎样动作
它就怎样去呈现你的模样
不要停留在想象
那样灰尘终会夺去所有的光芒
再也分不清自己的现状
擦亮它
你才能看见自己越来越雄壮

正因为如此
幸福是做一个人
永远亮亮堂堂

当你跌打学飞的时候
不会被命运的黯淡阻挡

当你游在黑夜里的时候
依然紧紧抓着前方

当你被乌云裹挟的时候
知道你在太阳的眼里
还是洁白如新的模样

孩子
这就是幸福
每一天
世界的一切都在语重心长
等着你

用自己的光芒去照亮

不幸福的人
都是在黑暗里
苦等着镜子会自己发光
好看清自己的模样
埋没
就成了注定的凄凉

2018年2月22日

孩子，童年就是你最重要的作业

孩子
你是我的宝宝
童年就像你的眼睛一样重要
凭借它才能把世界清楚地看到
可你看世界的时候
却不能把自己的眼睛也同时看到

童年就是你最重要的作业
比任何功课都要先完成好

那是因为
它是你一生的根系
而你是一棵小树苗

有了扎实的根须
幸福才能借此长成茁壮的树干
支撑起你未来的
分分秒秒

然后在每一个春天
开花结果
丰收一分才不会缺少

孩子

所以希望你成为一棵幸福的大树
而不是用成功
为你搭起一个架子
让你纤细成一株藤蔓
紧紧抱绕
那是因为架子有多高
藤就只能有多高
永远不能去越超

一个坚固的童年
就是你所最为需要
因为你要用它自己去支撑
全部幸福的树干
和那些自由的枝条
根有多深
树才能有多高

一个用全部幸福去开花结果的人
丰收因此才一分也不会缺少
而那藤上的果实
离开了架子
就仅能用来把自己压得垮掉

孩子
因此只希望你的童年
自由地去把根系伸展向所有的美好
把它们紧紧去抓牢
我会保护你

但不会用一个花盆做成你的监牢

即使难免风雨夹带冰雹
但你自己有了扎在大地的根系
即使摧折
还会冒出新芽
还可以继续繁茂

孩子
时间如大海一样阔辽
你童年的时光
也是永恒的港湾
当你遇到狂风巨浪
第一个要做的就是回来把它寻找
当你满载了收获
也会首先归航
来证明自己童话里期待的荣耀
否则
沉没就是相同的向导

孩子
我不能给你永远完整的家
有一天
我也会变老
但却能现在就给你一个永远的童年
让幸福一直来陪着你到老

所以

我的宝宝
童年就是最重要的作业
你要像我期待的那样
把你的这门功课做好

因为
那是所有幸福的人
他的眼睛一样必不可少

虽然你看世界时看不到眼睛
但眼睛却决定了你在世界上
能发现多少美好
灰暗还是奇妙

2018年5月22日
献给孩子们的儿童节

孩子，告诉你什么是远方

孩子
人的一半是因为飞升而高尚
另一半
是因为奔向宽广而流淌

灵魂是火苗
总是向上
情感是水流
从来奔向水平的海洋

你的思想
像灯火一样把世界照亮
把它和小朋友们分享
自己也不会缺少了一样

你的快乐和忧伤
像小溪流水一般
总是源源不断地从心里流向远方
小伙伴们互相体恤
它们就在你的世界中
由支流汇合成了大河与长江

因为思想
你不会迷路

在你熟悉的地方
可是到了陌生的远方
你还会感到迷茫

因为快乐着和忧伤
你会把自己释放
会感觉轻快
可是如果不能同情小伙伴
水流早晚会消散
或者淤积在你不想停留的地方

所以
你学会了登上更高的山
好看清更远的远方
但没有比知识更高的山
在这个世界上

但如果你想看清全世界
就要站在云端之上
所以你不仅要登上高山
还要学会飞翔

那云朵
就来自你情感的水流
它汇聚成了对所有人的同情
慈悲还有帮助
才能最后到达海洋
过滤了浑浊的泥沙

怨恨和烦躁
才能与大海拥抱
你的心胸才能因此
无比宽阔和浩荡

然后溪流才能最终升华
编织成云朵
为你架起更高的桥梁

你的思想中
最可贵的求真的力量
会助你长出翅膀
学会永不疲倦地飞翔

你的情感里
美与善良会自然去酝酿
为你搭起云梯
帮你跨越最后的阻挡

然后
你有了它们
就最终变成了一颗北极星的光芒
永恒地座落在了天上
为所有人一直指引着幸福的方向

孩子
任性的欲望
只是被风儿流放的沙丘

不要学那些童话里的巫师
靠攀爬它去眺望远方

狭隘的自私
是截断你的堰塞
不要学那些故事里的阴谋家
让那些狭隘决堤泛滥
把世界重陷洪荒

孩子
若缺少了求真的勇气
就永远也见不到了北极星
也学不会飞翔
你的大海只剩永不平息的风浪
迷路了也找不到回家的方向

而若缺少了美与善良
就丧失了升华的力量
你的家
终会被沙丘摧毁并且永远埋藏

那么
你就再也不能从北极星上
变回你期待成为的王子
重建一个童话王国
去永远守卫无限幸福的边疆

孩子

一棵树
即使发芽在巨大的斜坡
甚至悬崖之上
也要正直地向着天空生长
因为它要拥抱阳光

但一颗种子
无论站在多高的地方
都要落向土壤
紧紧抓住不放
才能不断向下生出根系
支持它向更高处生长

向下和向上
却不一定是相反的方向

我要对你说
人一半是高尚
一半是宽广
高尚是为了更宽广
宽广则是为了更高尚

孩子
如果你明白了这个道理
就能变成永恒的北极星的光芒
一直去指引着
人们幸福的方向
才能回来建设你童话里的王国

真正的模样

那么从现在开始
就去把你的远方展望
以及那个遥远的
童话王国城堡的模样
你终会知道
它就建立在你越来越纯洁的心灵之上

它虽然如此之近
却是我要告诉你的真正远方

2018年5月24日
提前写给儿童节

第八章　短章的风俗

（短章）

指 代

当所有的狗都表示忠爱于你的时候
你是主人
或者是一块骨头

2018年4月7日

彻头彻尾

战争中
活着就是最大的道德
和平里
死了才能修成高尚的正果

2018年1月14日

断 念

音乐是人类唯一会永远保留的巫术
科学是证伪千百次还将相信的魔法

2018年1月14日

比　较

有理由的轻蔑
比没有理由的崇拜
要更为可亲一些

2018年4月7日

冬　至

当冬天夺去了所有叶子和果子
树没有再去俯首
反而更加挺胸抬头

2018年12月21日

礼　物

当你有意地施予
我会对你的礼物无限感激
当你想也不想就去施予
你自己就是上天的礼物
我会一同把上天感激

2018年12月21日

风　俗

当编辑开始对一字一句苛求
去找你文稿中的错误
她已经预先肯定了你整部作品的优秀

2018年12月21日

围　困

一座山
爬不上去就是永远的阻挡
爬上去了就是远远的眺望

2018年12月21日

不解风情

树叶在秋天开始灿烂
树木随风在我面前艳舞
然后一件件脱衣
我却没有迎合地脱掉衣服
反而多加了些
把自己更厚地捂住

2018年12月21日

爱　人

给你一片汪洋大海
不如给你它蒸发少许而笼罩了你的云
给你三山五岳
不如给你城市里囚禁了你的楼群
白天说一千句爱你
没有你在梦到我时
我说的那一句爱你更真

2018年12月21日

观　察

女子穿上高跟鞋
正是因为取悦把姿态放低的时候

2018年8月23日

幽　魂

西方文明讲求共同的逻辑
中国则讲求公共的结论
至于如何得到
往往不闻不问

2018年4月14日

花 费

在夜里
城市是一堆狂欢的篝火
而白天
城市只是耕地上的一块结痂

可我们
在夜里疲倦得早已经睡去
无力狂欢
只因在白天
一直把时间向板结的城中
贫瘠地播撒

2018年8月23日

揭 露

一个人一直在全力维护着的
要么是他的母亲
要么是他的信仰
但大多数时候
是他要贩卖的商品

2018年4月22日

诘 责

艺术是让一个人藉此封神的道路
若只希望从中得到一些不疼不痒的情趣
再多一块补丁
褴褛更甚之初

2018年4月7日

截 取

飞翔是一个人的事
爱情是两个人的事

2018年1月14日

冷 艳

我们在酒店的一场欢宴
老板只用账单上的最后数字
结算

无数人为一场战争轰轰烈烈而死
将军只用胜败两面
投币去赌他的升迁

2018年4月7日

路在脚下，人在目后

走一条路
像剪刀剪开这个世界
多少人一生都在剪
却永远不知道自己把这世界
剪成了怎样的一片窗花

有机会在高山上去看看吧
城市像蛛网一样铺展在你面前的时候
这一生
你到底是粘在上面的蚊虫
不断挣扎
还是一只蜘蛛
凶狠地在伺机捕杀

2018年8月23日

论人民

人民只是公众的礼帽
却是党派的鸟巢

2018年1月14日

平　息

怨恨就像麦子
很容易就被磨成面粉消化
但我们把它捂起来
就会变成酒
越来越浓烈
让人疯狂得不能自拔

2018年4月22日

秋　天

云的果实是雨
夜的果实是星星
女人的果实是孩子
孩子生活在丰收的世界里

2018年8月23日

误　解

我们为了更幸福而婚姻
而不是为了幸福本身

一个凭借自己无法获得幸福的人
也不可能让婚姻变得幸运

2018年4月7日

性　质

一个人最多只能和十个人
正常地交流互动

百人以上把你簇拥
没有了任何正常的沟通
其实你并没有成为什么明星
只是变成了在动物园中
他们买票前来参观的一只猩猩

2018年4月7日

艺术与艺人

总有人说格律之美
在于戴着脚镣跳舞
其实这只能说明
作者是把诗当道具来表演杂耍
而不是在创造艺术
艺术
是以自由自在自主为基础
寻求唯美的道路

2018年4月22日

第九章 爱情把一生的空隙弥补

（新诗）

合唱春天

风终究会把云吹散
时间也终会将记忆冲散

但云会留下春雨
在那个春天
万木生长于它的浇灌

但你会留下全部的圣洁
覆盖住整个雪山
成为情感的源流持而不断

过了很多年
一个个春天在冲淡那个春天
一遍遍积雪在掩盖那座雪山

而我却早已经熟视不见
分手的那一年
自从你离去
像一个盲人在那一刻失明
从此守着一片黑暗
只记得那一年的春天
那一年的雪山

现在又是一个新年

每一种花都是一个声部
重新开始合唱春天

我看不见
但我能听见
因为那首曲子是那么熟悉
主题叫作隆重的思念

如果
分手那一年
就知道爱恋会流逝成思念
不会一次就把泪水用完
我会留下一半
然后一点点
一年年
用舌去体味余生的每一个春天

对于一个盲者
只能用听觉和嗅觉
去感受春天

风终究会把云吹散
时间也终会将记忆冲散

但我会永远记得你
尽管越来越模糊
终将只剩一束纯洁的光线

这对一个盲者已经足够幸福
因为他的世界
永远也不会贫困成
只有昏暗

2019年3月7日

磨　合

前言

总是以为是幸福和甜蜜
才让爱情越发不舍
但这越来越禁不住
推敲和琢磨

上

他和她经常要分开
于是思念便成了两个人的寄托

她在江南
想他的时候
就假设他在身边
静静站在小桥上
一起看小舟一只只穿过
杏花开的时候
会近前去嗅一嗅
心里对他把味道诉说

他在北方
想她的时候
就去杨林中

仿佛拉着她的手
一起听那叶落
下起大雪
会兴奋地去麦田奔跑
地上只有一串脚印
他就笑着想正把她背着

他心中的她
越来越远离她的生活
她心中的他
也与真实的他偏差太多

但每次重逢
他们都把这些忽略而过

他会对她
把思念陶醉地诉说
那些分别的岁月
就像酒一样香气四溢着

她也会把对他的牵挂温情地道来
那些形单影只的日子
就像蜂蜜一样甜甜的

可她听着听着
就像真喝了他的酒
知道那是苦的

而他听着听着
就如同真饮了她的蜜
知道那曾经是花粉一样碎裂的

中

终于
再相聚
他们讨论起爱情

她思索良久
说爱情就是酵曲
让花粉酿成蜜
让麦子变成酒
所以我们还能在如此索然的生活里
幸福着

他也再加思索
说
可是我酿的是酒
你酿的是蜜
我们终会有越来越多的差错
彼此体会的味道不同
彼此的生活终会更多隔阂

她和他就此沉默
他们那次分开
很长时间都互相躲着

下

直到他和她再也忍不住了
同一天登上相对方向的火车
去对方的城市寻找彼此
结果必然是互相错过

一周后
想尽办法联系上的时候
他疯了一样对她说
我想明白了
爱情不是靠酵曲维持着
是思念背后
我们都在努力掩饰的
痛苦与折磨
这些才是我们共同的
其实没有任何一点点隔阂

她也大哭着对他说
是的是的
我们再也不要装作甜香
我们要永远是一样真实的你和我

后来
他们放弃了旧有的打算
就这样结婚了
永远在一起生活

结语

我们总以为爱情
是在为那份甜蜜的幸福守着
其实
那恰恰是我们的隔阂
因为它的味道
两个人之间总有体会上种种差错

只有暗含的痛苦和折磨
在相爱的人身上
才会不谋而合

所以两个爱人的磨合
所指的恰恰是幸福
而这基础是
你们对失去对方的苦痛和恐惧
它应该是等同的

那爱情的苦痛与恐惧
越是深沉
越能把更多的幸福和甜蜜装满了

2019年2月12日
为情人节的人们而作

关于琥珀与蒲公英的谚语

每一个人的一生
都像琥珀一样
封存了自己
挣扎过
但永远也无法逃离

与相爱过的她诀别后
还是喜欢坐在
旧时与她一起坐过的长椅

总想去那些去过的景区
只因她曾经与我一起游历

细想原因
初时以为在一起
当面说的都是口语
现在可以在心里
旁若无人
对她道白台词
款款深意

后来才知道
那是因为再美的景致
也淹没不了自己

因为每一次兴叹
都在心里讲给了她
反而
总在不断确认还存在着的自己

最是惧怕
去一个陌生的景地
因为那里她不曾去
越是壮观得让人惊异
越是发觉
叹息的时候
景色埋没了我
我的存在如此多余

那是一种让人绝望的
孤寂
像太阳升起
蜡烛失去了意义

从那一刻起
我老了
开始执着于回忆
只有不断地念旧
和过去的我
窃窃私语
才能时刻意识到自己
怕这世界的日新月异
更加冲淡了本就已经开始褪色的自己

每个人的一生
就像琥珀一样
封存了自己
无论怎么挣扎
最终也无法逃离

多少年后
我问我那美丽善良的爱妻
为什么如此相信终会在一起

她说
自从爱上你
就像见到了最美丽的风景
忘记了自己
彷如一只琥珀中的飞虫
忽然逃离
飞出了注定的天地

她微笑着接着说道
从此才知道
自己不是笨笨的虫子
是蒲公英的种子成熟
开出洁白的飞羽
会带上你离开原地
向远方飞去
扎根在更肥沃的土地

她又问我
为什么你最终决定了
会随我而去

我也笑了
回答道
因为蒲公英永远不相信自己会飞起
但他一生都在梦想着飞翔和逃离

就像琥珀里的飞虫
只有死时才会坚信自己飞不出去

2018年7月9日

农人与爱人

这一生
只想搭一所房子
在我的小村
再爱一个人

房子用来安置易冷的躯身
你用来寄托灵魂

如若
是一只蚯蚓
你用爱情给它眼睛
它只能抉择
光明还是生存

如果
是一条小鱼
你用爱情给它翅膀
它只能犹豫
自由还是生存

幸好你爱时
我是一只蝌蚪
胡乱地答应和你一起
去歌唱那片稻田的温馨

幸好爱你时
我是一只水虿
敷衍你说和你一起
去巡航那片稻田的丰沉

可是那时
自己对未来那美好的生活
从不敢相信

如今
秧苗齐整
青蛙就欢叫在晚春
蜻蜓飞得安稳
在初夏的早晨
而我
也终于长大成人

纵使你已经不在这个
被水塘和稻田包围的小村
可我
已经进化成了一个精壮的农人

你的爱情
擦亮了双眼
也插上了翅膀在我的灵魂
在稻田早早立上一个稻草人
我要把它当做你

感激的话用一生去说尽

曾经走出去四海漂泊
把你找寻

可是如今
终于知道了
我不是你注定的英雄
却是踏踏实实的一个农人

重回我们一起住过的小村
孤身定居下来
然后告诉你

这一生足以幸福
因为
搭过一座房子
还爱过一个人

2018年5月1日
补写情书给瑾瑜

唇

初时
我吻你
如同一只饥渴的乌鸦
急切地把一颗颗爱情的石子往你心里填
期待早日喝到
那瓶里水的甜

而你吻我
就仿佛我是一只待哺的小燕
嫩黄的嘴巴
你用最好的美味来填

那场婚礼
过去了二十年

如今
你再吻我的时候
像一个医生
把听诊器熟练地放在一个病人心田
努力去检索
思想跳动得是否健全

而我
在这二十年间

说了太多的话
大都与我们的爱情无关
嘴唇不再嫩黄
只是两片厚厚的老茧

你终于叹气
说我们的爱情仅剩亲人之间的温暖
和彼此的视而不见

那一次我喝多了
才说出了真言

现在只是一个冬天
是用来增加一圈年轮的时间
但那爱情
一直在心里的正中间
只是新的年轮
离它越来越远
但这是为了
让心更好地围在中间
更加安全

你忽然停下对我的咒骂
笑得有些甜
味道就像二十年前

第二天
你大早推醒我

边流泪边喊
那棵大树被大风吹断
我梦见
树心在流血
断茬上所有年轮都模糊一片

我把她抱在怀里
又吻了她
然后说
重新意识爱情往往需要一场灾难
谢谢它发生在梦里
没有我的戏份
我们的爱情
早已经加固了二十年
再不需要生死离别的游戏再去考验
我的嘴磨了那么多老茧
其实是因为它一直为了你
在提心吊胆

她破涕为笑
说
现在又开始了一个春天
我会等你
重新发芽长叶开花
会一直等到
最后死的那一天

有人说

爱情会逐渐淡去
是亲情维系在两个人之间

其实
那只是一个冬天
所有的树叶都落了之后
你已经分不清是杨柳
还是枫树在眼前

如果结婚了
请把这话说到
两片嘴唇互相磨成了
两片老茧

2019年2月15日
赠胡悦

黄　昏

黄昏
把街中每个人的影子越拉越长
形成了合力
将黑夜的被子
渐渐向这里拽起

霓虹亮起
只言片语
不断闪烁叫嚷
街中更加喧闹
尽管沉默的人流已经越来越稀

远山一点点丧失了立体
抽象成一个平面
黑漆漆地拉近了与人的距离
如同被暴力撕扯的纸张
边齿没有任何规矩
黑夜倒着播放这个过程
展示他们如何重新粘连成一体

谢谢黄昏
我在你眼里
也会被路灯抽象成只有带光的一面
平日里一百米的距离

就会认定我
现在只剩下了十米
你会叫我的名字
确认我就站在那里
而白天
则是远远互相微笑示意

谢谢黄昏
所有人都模糊了
霓虹亮起
我心里只会默念你
越来越急

谢谢黄昏
你的影子被另一根路灯指令
先是在身后拖扯着你
经过正下方
就会转而奔向我
比你还要着急

我就站在黄昏的大街上
看着黄昏渐渐离去

很多年已经过去
站在街中最后有过你的黄昏
在那记忆里
看着关于你的记忆
也在越来越模糊地褪去

黄昏每天都在
我在心中也还会默念着你
但同一个黄昏
这些年我们一直在不同的城市里
永远也不再相遇

已经在今生错过了你
黄昏里就不用再担心错过谁
安安静静地站在那里
想念那个被再次抽象
如今只剩下了一个名字的你

谢谢那个最后的黄昏
你叫我名字
我也喊你的名字
十米的距离
我们互相都拥上去

你名字那三个字
做成了霓虹灯
就那样孤然亮起在黄昏
闪烁在心里
一直到记忆渐渐暗下去
从黄昏
又到深夜里

也许

念一个人的名字
再说我爱你
永远不能被放在一起
就好像那是两个相邻的店铺
霓虹闪闪
是各自不同的招牌语

2019年1月17日

因为爱在才爱你

一条船
搁浅在滩涂里
但只要不去朽漏
就没有丧失漂浮的能力
任何一场潮汐
都能拯救你
重新远航
到达该到的目的地
否则
只会被泥沙冲积
淹没在原地

你问我
还爱不爱她
我会回答给你

一个人
面对光明普照大地
但影子
永远还会在那里
永远也割舍不去

你撅起嘴巴
很不满意

我接着反问你
爱情到底是一种收集
还是为了开天辟地

如果它是一种积攒
你的爱
永远在过去
夹杂了她的影子
谁也不会愿意

但如果是一种新的开辟
你热爱的是我们开通的未来
也就是说
你爱上我
是因为我有足够去爱的能力

就像柳条插在那里
它长出了微弱的根须
在那一年里
如果它不能度过寒冬
还有生命力
那么现在的春风春雨
毫无意义
只能催化枯枝的腐朽
直到消烂如泥

所以

我是一只搁浅的小船
遇到了潮汐
一根冻结过的柳条
遇到了春回大地

你如释重负地笑了
说道
是啊
我们相爱
是因为自己的无限生机
是因为爱本身还有无限的活力
真的不是
在积攒微弱的过去

我把她拉回怀中
说
你每时抱的是我
永远只有现在的唯一
我的影子
永远不会在你的怀里

你说
那就把影子全都还给你
我们在一起
永远向着明天的光明奔去

2018年4月20日

谷雨

爱情让我们神圣

不一定所有爱情
都有神圣的剧情
但至少
爱情会让爱情中的人
变得神圣

爱情让世上的人最可以平等
让自己都有机会做一次神明

但爱上一个人时
有人那一刻热血上涌
误把自己当成了赌徒
押宝在对方身上
去博取意料之外的奢侈人生

有人却在那一刻
从一只水虿
咬破一层层丑陋的躯身
终于摆脱了淤泥
飞出了水面
成了一只敏捷的蜻蜓

两个人相爱
若你们彼此都向往神圣

你们就真的汇合在了神界
天地因此无比晴明
救赎只在一念之中

一个人即使单方去挚爱
而她无法去接受
也照样可以一生做自己的神明
只要你不是赌徒
也会幸运一生

若你们真的神圣相爱
天堂就在近在今生

那些误入歧路的赌徒
始终远离神圣
他们即使一拍即合
这一生的孽债
永远也无法互相厘清

若不爱而苟合
你们就是彼此注定的枷锁
让生命之路更会永远陷入泥泞

爱情是世上的人
最平等的一次机会
让自己变成神明
然后有情人
在神界汇合

因此完成最幸福的一生

只要人们一直向往神圣
爱情就会永恒

先是他们在彼此心中永恒
然后是人类的天堂
继续在文明中永恒

2018年7月1日

孩子真的可以因吻而生

孩子真的可以因吻而生
假如这一吻
你和她都动了真情
爱情因此会出生
如同来到世上一个幼婴

于是
你们的生活彻底改变了重心
一切围绕着幼婴
一刻也不敢离开
因为她就在襁褓之中
哭的时候
会让人撕心裂肺
笑的时候
全世界都吹着春风

她在你们的呵护下
会长大成一个顽童
于是你们两个人
会变成她手中把持的风筝
一根线时紧时松

然后
她长大成人

你们两个才敢去各自奔忙
重心才重新又回到各自手中
只在逢年过节
才团聚共庆

她也会老去
变得麻木昏庸
只能躺在午后的摇椅上
靠着回忆
才不会陷入到呆痴的绝境

她这一生
也经常生病
你们如果是穷人
只会请廉价的巫婆神汉
听天由命
你们如果是富人
会找人间最好的郎中
不惜拿全部江山
换来一剂方药
期待她还会起死回生

她毕竟
来自一个孩婴
有她自己的运命
也会死亡
难逃世事无情
你们两个分手

她就会因此夭折
你们劳燕分飞
假若还是彼此顾念
她就会成为一个弃婴
流浪于茫茫人海之中
多少年后幡然醒悟
你们还会费尽周折
四处去把她的下落打听

是的
孩子真的可以因吻而生
你们只有学会养育这个幼婴
演习之后
才有了充分权力
步入婚姻
生儿育女
让他们继续身处你们的庇佑
进入这个真实的世界
并且让他们一生身处幸福之中

你们的爱情
这个婴童
不会因你们任何一个人的死亡而湮灭
也不会因为你们的懈怠
而衰老臃肿
因此就会最终替代你们两个
永远在世上
在你们的儿女心中

获得永恒

他们把你们埋葬在一起
是因为你们的爱情
用一块墓碑
写上你们两个的姓名

你们一生都看不见爱情这个孩子的面容
但逝后
她却成了我们都看得见的石碑
永远守护着你们的魂灵

是你们之间的温情
让你们看得见的儿女们
相信你们赋予他们波折的生命
不是为了自利
而把他们交给死亡作为人质
而是为了证明
有一种方法
人都可以去证明永恒
这才是真正的传承

是的
一个人只有孤寂地死亡
而两个人用爱情相加
就可以化合成最后的永恒

你可以得到永远的青春

爱情这个孩童
可以一直年少葱葱

所以
我要告诉你
孩子真的可以因吻而生

而这个孩子
乳名叫作爱情
大名叫作永恒

2017年11月12日

驾驭情感

相爱
不是因为爱情让我们性情大变
而是如若没有爱情
我们也是最好的伙伴

才开始爱情的那一天
你我像一夜暴富
都想象着
环游世界
买一艘银色的游艇
停在海湾
有一处私家花园
面对银色的海滩

可是我只兴奋了一个月
你却激动了一年

我以为有了钱
最大的好处
就是不用再把钱劳心地惦念
所以
我过得重新平淡
因为
我原本也只想简简单单

有你在身边

你的结论却是迥然
富庶就要有富有的仪式感
你因此断定
我的拖沓
是不再忠于爱情的表现

于是
我们暴富的爱情
只有一年
然后便宣告破产
就像世界发生了一场政变
一切货币化为乌有
我们只穿得起粗布衣衫
生活重新又要精打细算

可我早已经习惯
还是原来的平淡

我把爱着你的那些片段
那些掩饰不了的表现
像一分一毛的零钱
存了一生
在我们曾经的爱情账户里面

再没见过漂泊的你
我也一直流浪在天边

再没见过完整的你
就像一张大钞面值百元
有过你的头像如此赫然

七十岁
我已经是垂垂暮年
周折百转
再与她相见

我说
我账户上的积攒
查过了
数字已经是亿万
我要给你所有的钱
足够
环游世界
买一艘银色的游艇
停在海湾
有一处私家花园
面对银色的海滩

她说
为了等着和你重见
我凑够了一张百元
就取出来
只为有你完整的画面在眼前
没有浪费过账户上任何一分钱

如今
我的钱已经堆积如山

相视一笑
都知道了
我们相爱过
不是因为爱情让我们性情大变
而是如若没有爱情
我们也是最好的伙伴

可我们
因为爱情
才会别散

又因为爱情
即使过了那么多年
彼此也不曾绝念

2018年7月6日
对瑾瑜的惦念

第十章　古体的考量

（古体长诗）

除　夕

月上无春秋
圆缺永不休
人间年有头
四季总余收
一年十数月
月月抹旧愁
一人活百岁
岁岁新悦留
黑发成银丝
岁月洗白头
多将风光忆
方得日日久
除去夕时晦
旧月又新修

家家有聚散
今饮团合酒
月隐待新篇
桌圆自可就
皇朝月为历
家史穿其修
从无万岁帝
家传百世久
何故曾如是

天子压国首
其影阴九州
人老国亦朽
何故家常圆
人人念情留
老幼不相疏
贫贱无需究

愿当除夕时
同饮曲发酒
人生皆陈窖
酿酿新香悠
除去天下秽
略省夕时忧
守岁到五更
晨阳接新头

灿日积脸色
月华发上留
家桌人团圆
光彩永照旧

2019年2月3日

大年初七

弯弯月　恰初七
一年丰足今望喜
月如犁　耕星稀
沃夜黑天肥土地
播种兮　心所冀

2019年2月11日
赠霍沁师兄

约酒煜男玄武湖畔

华梦日日喧
皆生睡中安
情深不万丈
何兴三尺澜

舞象之年与君遇
四十方晓是华年
彼时一弦弹千曲
而今千曲皆一谈
交杯换盏
与君大醉厥死方能重梦见

往事淹沉二十年
空空已如渊

两斗酒
玄武湖畔约波澜

还请月高悬
悲欢哀喜唯有其愿怜
冰心化又结
同念念

纵使春秋由日判
其隐难言
高照三万年每日皆白天
人与家国
随形之影何处赶
央央皆陷各自阴一面
安能成全

今宵且与月共欢
皆知此夜不过是影定有边
唯叹早生一百年
多出哀愁
花作酒钱

玄武湖畔
掌灯夜宴
约醉一夜
约醒白天

2018年3月11日

白露云秋

从来只关雨
谁问云何起
君之长空长
无限可纵泣

乌恨诉为雨
白洁仍我意
此情若有竭
还天碧万里

2018年9月8日
白露于王强兄弟庭院观云记

渔阳平谷桃花乡

一树桃花客围赏
明丽更衬世薄凉
花落怏怏各自散
又再恢恢浮世上

桃林淹淹花如浪
踏进三丈入梦乡
恰若青虫织彩茧
闲梦仙游人恍恍

得梦何须来桃乡

一枕可存满横仓
唯有醒时人在梦
方为春日好天光

白梦能成在渔阳
单翼何以飞天上
若在桃丛饮一斗
醉梦同得翅终双

游遍桃花三十里
但愿早归趁夕阳
玉蝶翼成应破茧
盼君从此飞似翔

恢恢尘世仍如故
人已不再浮世藏
天下纵剩花一朵
翩翩也只落其上

渔阳平谷桃花乡
仙梦诗醉好地方
穿林来，涤魂荡
云浮过，安可赏

2018年4月18日
与北大同窗聂爱军约游平谷桃花

祭酒令

风雨结百粮
挥汗甑中酿
尽吃天下苦
方宴一堂香

品酒如品人
以厚度其量
品人如品酒
无悲慈也殇

辛辛口中化
燃燃唇齿芳
不道人间苦
但愿情谊扬

白日人间隐
夜梦得醇乡
不求黄粱贵
人生是酒坊

今聚高朋饮
借醉入心巷
多少当时苦
封坛皆昔酿
唯剩此时欢
还或明日亮

人生是深窖
但愿岁月长

为君再斟酒
风波杯中停
永作太平港

2019年2月1日
北大平谷同乡北大聚宴
赠兄台卢海龙

泉心相报

一树百枝叠
无名摇曳曳
每春约花开
千千因唱雀

一泉山涧出
重压得高泻
不为携沙流
欲援万江竭

君为长鸣鸟
我愿比泉学
冬寒不敢歇

2019年1月28日小年
拜年答谢帮助我的亲朋好友们

探　秋

秋来尽布霜
叶红燃山梁
竭耗毕生力
欲盖草色苍
青山冬不在
却怨火使荒

2017年10月29日
与友河兄金海湖赏红叶

戊戌之秋

日越东山升
霞色渐渐平
直落近西岭
复现一潮红

赤叶殉夕阳
扫落又北风
江山敲微声
谁误是晨钟

2018年10月9日
书赠同窗王帆兄弟

第十一章

纪念比现实更长

（新诗）

我注定错过最美丽自由的你

一个女子
应该最爱美丽
但更爱的
是她的子女

母亲
最遗憾的事情
在我的一生里
自从我来到这个世界
就注定永远错过了最美丽的你

一个女子
会渴望无牵无挂地畅快呼吸
但更渴望的
是她的子女的无忧无虑

母亲
最懊悔的事情
在漫长的岁月里
自从出生
就注定永远错过了最自由自在的你

你为我们日夜操劳
饮食起居

用有限的钱资
过年总要给我们做一件新衣
却再没有时间和能力打扮自己

自我们出生
你就像陷落在汪洋大海里
我们就好像漂流的木排
你紧紧抓住我们
就像不那样做
你就会被吞噬在风浪里

可当我们长大
任你多么的不舍
也把我们像孵化的小鱼一样
放归江河浩荡里

从此你的心思
就牵缠在我们远方稀疏的音讯里
一大半
都不属于你自己

母亲
如果有可能
我想把你失去的都还给你
你的自由
和你的美丽

但你却总是抚摸我的头发

微笑着说道
我已经得到了更好的礼物
那是上天更慷慨的赐予

我会衰老
但有了你们
永远也不会变得丑陋
在你们的心里

我会困顿
但有了你们
永远也不会有一丝迷茫
在我的心里

2018年5月12日
写在母亲节前夜

讲我们之间最后一个童话给你

凄凉总是一种叠加的情绪
不只是悲剧本身使然
还因为同时我们的无能为力
否则
那只是一种漠视的出离

孩子
生命的逝去
是一道所有人终将面临的谜题
至今
只能不断去猜想
答案却不能让任何人满意

孩子
你是那样的乖巧而伶俐
所以上天早早把这道作业
布置给了你
我们倾尽全力去辅导你
除了给予全部的爱
却提不出更好的建议

孩子
你给我们只有体恤
却不曾有过一分怨语

然后
你用最熟悉的童话般的语气
回答了这道难题

那就是
逝去即是睡去
生时
这些奇妙的梦在这个世界里
当你再也不会醒时
整个世界就都在你的梦里

孩子
我们要告诉你
这个完美的答案会获得最好的成绩
因为它证明了一个定理
那就是
相互热爱的人
生时和逝去
都会以不同方式永远在一起

孩子
告诉你
你的童话是真的
从前
我们守护在你的身边
现在
我们会继续守护

因为这整个世界会在你的梦里

因为
正如那个答案
逝去只是长长的睡去

2018年11月5日
致年少早逝的向晴

为梦想而生，为理想而活

梦是最开放的港湾
全人类都可以自由地停泊

理想是最平等的高地
所有人都可以去眺望景色

再黑沉的夜
压得你不容喘息的时候
梦会让它变得很轻
重新自在地浮着

再光灿的白日
没有理想地去穿梭着
也如同一个彩色的肥皂泡
随时会被风吹破

所以一场酒宴
虽然我们都醉了

但有的人
是因为酒精像油一样
向志向不断去泼
熊熊如火

而另一些人
是因为酒里的水分太多
把最后的一丝希望
都扑灭了
只剩被雾气彻底淹没

因此我的朋友
想要对你说

命运是一张网
理想虽然沉重
却是铅坠把它向下压着
梦想虽然轻巧
却是浮子把它向上拉着
我们才能在人海里
在历史中
打捞出一个渔夫全部想要的
收获

所以我的朋友
才要对你说

理想等待的是烟花的那第一次爆破
用尽全力把梦想向天空举托

然后就让礼花
在天空尽情去开着
梦想在心中千万遍演习后

终于灿烂地开放
让它眼见成真地复活

那时你就会知道了
梦到梦想
不会辜负你一生一世地去雕琢

朋友我醉了
想要对你说

梦想是最自由的港湾
只为最远大的航行而去停泊

理想是最平等的高地
眺望是为了最勇敢地去跋涉

2018年5月7日
书赠同窗王之昉

平谷，代表北方给你一个冬

北方的冬
路过的人只听到了树枝呼啸
嘶哑地喊着北风
请带上它一起离开
去南方奔命

可你仔细去听

麻雀在麦秋一齐起哄
成群结队打劫收成
只为凌辱稻草人的法不责众
荒凉的数九里
它们还是水泊梁山一样聚拢
食物再少
它们谁也不愿意被独自招安
独自去寻一杯羹
甚至比那些匪徒更情深义重

喜鹊更喜欢独行
它们把窝搭在树顶
暖炉一样架设在枝丫中
不仅用招牌一样的笑鸣
更用这实际行动
为自己的喜感证明

只有住上十年
你才能听懂看懂

野草早已经死去
为了维持春秋里生命自己的沉重
它们不得已左右摇摆着随风

当卸下了自我
死亡中保持了足够英勇
还是牢牢抓住土层
对抗扬着沙更残酷的大风
那彻底变成土色的叶子
也因为傲慢而定了型
北风再也无法撼动
那是对土地之爱的终极说明

芦苇同样背负骂名
它们像竹子一样心中空空
却不坚挺
它们还会枯萎
无法过冬
留不下君子的美名

可整个荒凉的北方
它是开了花冬天也不会凋谢的硬种
北风越是摧残
那花儿越是洗礼成洁白

一直傲慢地招摇一整个冬
那是对开放之信仰终极的证明

大风一停
就喜欢去河边
这样听冬看冬

无意趟开了一处沉积的落叶
竟发现一棵还活着的蒲公英
我小心翼翼地把落叶埋回
像在战地医院里
查床后重新为他盖好被子
给那个收治的战斗英雄
不敢再打扰他那深沉的梦

只需这一棵
也就意味着冬天并没有拿下整个高地
春天会随时发起反攻

北京平谷
夜里一直在零下十度的冬
你会发现
死亡的还剩魂灵
不再在乎天寒地冻
活着的正在做梦
梦里谁也觉不出寒冷
活跃的正在气血上涌
寒冷是给气节最好的壮行

想邀请你来北方过冬

因为住上十年

你就会知道

信命

不如信仰生命

2019年1月24日

写于就快过去的寒冬

兄弟，欢迎你来管家庄

什么是幸福
它很简明
睡的时候全心全意去做梦
醒的时候全力全情去清醒
因而
噩梦中还可以选择醒
灾难中还能够躲进梦
那便是无羁无绊的一生

少年时
幸福是每一个假期
像小鸟一样出了笼
和小伙伴在小溪边撒野
相比上学
自由自在让你知道它有多么隆重

青年时
幸福是爱上一个女子
像永远抓不住的风
你只有刻骨噬心的痛
可对你的同学讲的时候
总是万分激动
讲了几十遍之后
忽然明白那一样东西你愿意一直直视的时候

相比幻灭
它就是最好的自我坐标的确定

中年时
幸福是听你讲过几十遍单恋故事的同学
成了好兄弟
几十年后抛下各自的妻儿
来你的小村中
在那条自由自在的溪边
一起把小学课堂讲的那些伟大人物的伟大人生点评
相比他们的过时
你童年的小伙伴们更值得兄弟尊重
他们给了你性格
我们才会彼此情深义重

老年时
幸福是你的老伴还醋意更浓
她从你的兄弟口中
早把那个刻骨噬心的女子
拼出了一个分明
和她相比
妻子总是更关心越来越老的面容

暮年时的幸福
是你对妻子说
我怕你死在了我前面
你一直刻骨噬心
我却再也无法让天堂里的你知道

这将抱憾终生
与其我会欠你一辈子
不如让你先为我送终

幸福是一个人自己的事情
功绩永远只在社会之中

明天
我的兄弟们就会头一次来我的小村子
来看那条自由自在的小溪
在中年时抽出一天
停下来一起把幸福反省

我想告诉他们
幸福只是从人生中
抽出一点点满意的事情
就能把整个庞大的人生支撑
像用四脚支起了一张床
无论纠缠与否
无论得到多少世功
都可以在这张床上
静静地躺着
最舒适地思考
自由自在地做一个
这一生重复尝试了几万遍
一直要得到的那个最完美的梦

2019年1月26日

为邀请程凯和王卓异兄弟来老家管家庄而作

自画像2018

序言

当时间如一根暗夜的火把
你只能在崎岖不测的路上挣扎
可它如太阳一样
高高照耀给你光华
放眼望去到处是生机盎然的天下

一

曾经以为时间是一炷香
这一生点燃之后
就会渐渐成为灰烬落下
死亡注定了香的长度
你的所有热量
都是为了缓缓爬向它

后来
值得珍惜的东西多了
越来越留恋记忆里的她
每次想起
她就会在回忆中发芽
才发觉未来对所有人都是一样的
过去才是属于自己的家

于是想
人应该是一根立地的钟乳石
等着时间不断滴下
你留存了石灰质
逐渐堆积着生长
其余都会冲洗而光
纷然放下

二

总之
我以为时间就是一根绳索
拴在生死的悬崖
要么香消人陨
人顺从着堕落而下
要么水尽人竭
无力再向上攀爬

三

直到一别多年以后
从城市再回到乡下的老家
每一个小伙伴都老得满嘴胡茬
可他们都有说不完的小时候
故事里的我和他
从光着屁股的儿时
到我稀少的每次回家

忽然就明白了
连同这个村庄
我早已经忽略了他们
但我在他们每个人心中
一直像不同种的庄稼
一茬又一茬
他们把收获的各色种子还给了我
有多少种的我
又在村中的每一片田地里
重新生发

四

不久之后
辞去了城里的工作
拿一半时间居住在村中的乡下
一半的时光
用于去流浪天涯

那是因为我明白了
当时间操纵着人的时候
你就像落水的人
只能顺着河流而下
无助地挣扎

而当你掌握了时间
这世界就是你的田地

你可以把时间用于去垦荒
把无数种自己播撒
并且决定今天应该灌溉到哪

五

从此
我的时间不再是线性的绳索
而是像土地一样
铺展在天下

任何一处淹沉的过去
都可以像种子一样重新激发
任何一段枯朽的事件
都可以嫁接一根新杈
重新结果开花

结语

当时间如一根暗夜的火把
你只能在崎岖不测的路上挣扎
可它如太阳一样
高高照耀给你光华
放眼望去到处是生机盎然的天下

当我太阳一样照耀我自己的世界
时间是广阔的大地
四通八达

当你被迫抓起火把的时候
已经输掉了
这个天下

2018年9月9日

北　京

你一个人在这座城
却有两个不一样的城
在你眼中

你一个人在爱她
却有两个不一样的她
在你心中

这座城的白天
明亮却又冰冷
有干干净净的棱角分明
也有很多低矮破败
杂夹其中

但到了夜晚
这座城到处是彩色的夜景照明和霓虹
黑夜抹去破败和补丁
只剩下闪亮与明丽在你眼中

就像她
夜晚皮肤白皙光洁
在忽明忽暗中风情万种

而白天里

你清晰地看到她的皱纹和雀斑
在阳光下透露出麻木僵硬的表情

一座城可以打扮得不同
但只在夜晚之中

一个女子也可以改头换面
也大多数在夜幕之中

理想主义者
对待这座城
恰是从白天出发
他先接受和认清这座城
那就是现实
才会努力去设想
如何用光芒
重新缔造陷在黑夜之中理想中的城

出乎你的预料
现实主义者
恰是生活在这座夜晚的幻景之中
然后努力主张
如何去忍受白天这座僵硬的城

但你对她的爱情是相反的不同
你必须从黑夜出发
才有理想主义的爱情
因为你要先爱上她

才有爱情

然后冗长的白天的凡此种种
都为了证明
世界和你们的面貌都是幻影
只有你们之间
因为彼此相爱而永恒

而从白天出发的爱情
从开始就不是为了永恒
而是为了
治疗现实这个不治之症
和孤独这个不治之痛
所以它只是权宜之计
并非真实的爱情

为什么会截然相反
只因为
世界设定了我们
我们得到生命
但我们在世界之中
却可以自主去设定我们的爱情

被设定的
永远不会永恒
但设定的
设定者却可以把是否永恒决定

所以理想主义者
会勇敢接受已经永恒的设定
但却在努力
设定永恒

他们在这座城用理想主义
设定不能完美的理想
让设定背后自己的完美永恒

他们设定最完美的爱情
然后在不完美的城市
证明完美的爱情依然可以永恒

所以我就一个人在这座城
等她一个人来到我面前
进入我的心中

2019年2月27日

疯子就要像疯子一样

序言

没有一个疯子是为了疯狂而疯狂
恰是我们
在为了正常而正常
否决了他的正常

一

疯子曾经坚信一以贯之的逻辑力量
这使他直前勇往
他不断把自己心中的钟表
发条紧拧
不会再停下
以永远维护这心中的简单信仰

终于发条承受不住
断了
只过了片刻的迷惘
他就发现实现了信仰
一只脚已经踏进了天堂
因为心中想要停留在
希望的任何
幸福时间与时代

只需简单一拨指针
就会如他所想

这就是疯子加冕疯子的理由
简单得超出你的想象

二

疯子被关进疯人院
治疗的简单
也超出你的想象

所有疯子被集中起来
被训练遵守墙上唯一的时钟
去作息和思想
直到心无旁骛
一模一样

疯子终于变得正常
放出疯人院的那个时候
他自己都无法想象

但很快
疯子又被送了回来
十分沮丧

他委屈地对医生说
正常的人们也有一块公共的时钟

但他们每个人心中
又都有自己的手表
和曾经的我一样
纯粹也以自己的手表为准
算计一切
谁的时间都不一样

为什么
我重新启用断了发条的钟表
只能被强迫回到这个地方

疯子又被重新训练
按疯人院的唯一钟表
作息和思想
他又很快恢复了正常

三

疯子又被放出去
第三次被送回来的时候
他想
这一回他再也不想出去
好偷偷享受内心的钟表
要老死病房

但疯子的运气好到无法想象
一个新的医生如此耐心
解决了他的迷茫

医生开导他说
你出了疯人院
还把外面的世界
当做疯人院一样

你要遵守他们公共的钟表
只在你四下无人的时候
确信也与任何人不会发生任何来往
才使用自己的钟表
这样你就能永远健康

疯子
信心满满地出院了
心里觉得这一次非常亮堂堂

他不愿意做疯子
很想正常
既然外面的世界
和疯人院没什么两样
他也努力要出院
证明自己很健康

四

疯子远离了人群
选择做一个隐士
不与任何人发生关系

独自在荒山野岭
任意拨动心中的钟表
享受他的信仰
和他的半个天堂

疯子又被送回疯人院
他们的理由是
一个正常人可以隐居
寡水清汤
但一个做过疯子的人
隐居太不正常
社会必须给予他足够的关怀
文明的光芒
要照耀到地球上的每一个地方

五

疯子第四次出院的时候
彻底治愈
决心只按公共钟表行动和思想
保持一以贯之的正常
完全忘掉心中自己的钟表
再也不对自己有任何原谅

不久后
他第五次住院

人们的理由是

他要么是一个圣人
要么是一个疯子
没人相信前者
所以他肯定不正常

结语

疯子再也没有出去
终于找到了一生的归宿

那就是
疯子
就要像疯子一样

2018年4月12日

愤怒易诗，担当才是诗人

鸟儿到处搜寻那些丑恶的虫螟
不是为了纠缠它们的行径
只为不断消化
长出更漂亮的羽毛
更优雅地飞行

愤怒易诗
担当才是诗人
这是他应有的使命

曾经的文明
坍塌在他的面前
若要指摘废墟的种种漏洞
谁都可以口若悬河
唾弃不停
但结局只有两种
要么背井离乡
一生流浪乞讨为生
要么重新计算
重建更合格的楼亭
几人有这样的耐性

如若你怀着源远流长的深情
时常热血沸腾

就别把它们当做一次次的洪峰
肆虐而来
成为泛滥的洪水
冲垮自己的岸
也淹没了一切的人烟和风景
只有用堤坝谨慎约束自己的人
才懂得如何到达东海的澄明
为历史提供一条漕运的水道
载他人之舟
顺流到海得行
才会赢得一个诗人应有的尊重

愤怒易诗
却为了一把火烧成万劫不复的冷清
玉石俱焚
把废墟和泛滥之区浓描重绘得寸草不生
更像不能死而复生的坟茔

这世界的确冷清
才足以为证诗人的高明
蜡不会自己燃烧
但你的生命
却可以成为一根蜡烛的芯绳
纵使只有一根蜡烛的万分之一轻
依然可以点燃自己
悠长到一整夜都烛火通明
你才有了最富意义的一生

所以
担当起来
才是诗人的本性

就像鸟儿
一生都在捕捉那些丑陋的蚊虫
却为的是自己长出更美丽的羽毛
一生都飞得更加轻盈

2018年6月17日
纪念诗人的端午节

给那家精神病院里兄弟的信件

在噩梦里醒着时
你才被送进那家精神病院
然后在里面
你醒着活在噩梦中
对冲成零和的
气息奄奄

我知道你
像一块巨石
把自己奋力抛脱
扔得越高越远
坠落下来
就会在这个世界的泥潭
越发沉陷

在里面
当一锅粥的稀烂
最后的水被榨干
你只能闻到
所有美好的品德
焦糊的味道
它们被彻底摧残
可那灶膛的火
还是没了没完

你才知道
自由是水
没有它
一切人间的美味
都无法通过烹调兑现

你学会了吸烟
云天就真实地摆在窗栏外
你却只能一根一根地抽
在零和的幻灭里
寻找属于你的虚幻

你渴望亲友的探视
说几句安慰
虽然不咸不淡
可你就像从银行里
取出了过去存进去过的尊严
还能再支撑一些时间

我理解你
兄弟
这些都是我经过的
最熟悉的画面

我知道
你就像一只杜鹃
在别人的雀窝里被生下的蛋
一切活下来的准则

只剩敷衍
怕被发现异样的形状
拒绝孵卵
怕你破壳后
不被喂养
怕你等不到
可以飞翔离巢的那一天

我熟悉你战战兢兢的每一天

兄弟
我知道你住进了最差的那家精神病院

他们不知道
在无力治愈疾病的时候
有情可原
但人道应该是最起码的底线
可他们竟然相信
恐怖就是最好的医典
死寂就是最平静祥和的画面

兄弟
我也不知道什么方法
如何带你重返人间

但我可以告诉你
经历过劫难
再散步于人间

你会居住在清澈的永不干涸的泉边
你不会觉得一块石头
越滚就会越圆
你将学会自己做窝
然后再生出那些希望的蛋
让自己亲身把它孵化喂养完全

最重要的是
你会知道
你只要学会飞翔了
清醒是大地
天空依然是梦而不是幻
你可以自由穿梭其间

那时
你将比任何人更轻盈
每一天给自己一张真实的脸
就算
别人不知道
月亮的三十天
口型背后不是黑漆漆的暗
是你自己的心情在蜕变

兄弟
当我在那家最差的精神病院
看着你的木然
除了告诉你
我亲身实现了健康的体验

只能再抱一抱你
告诉你当时我能活下来所坚持的信念

无论这世界多么严寒
只要活着
体温永远是一个36度的夏天
当世界不能给你温暖
双手合十
就会发现
你一直能给自己健全
你只有一直相信着夏天
别人才会来拯救他们的同伴

2018年10月10日

第十二章 经过北大留下火花

（新诗与古体）

消失的三角地，贴一张海报在最后

我们不是只在北大里才幸福
而是因为在她之外
总能找到一条条通往她高尚的道路

我们怀念消隐的三角地
不是因为它把秘密围堵
而是它正把消息向三个方向散出

进去北大之前
一些人可能把她想象成一座果园
等着去采摘成熟
更多的人把她视为培秧的田床
生根发芽
再茁壮地回到纷扰的江湖

出去北大之后
她始终在你的记忆里不停旋转反复

有人把那里的时光当成一张唱片
不断地放上去播放复读
但再也难以去
组织一次现场演出

有人把她当作磨盘

把情感研磨得越发精致
却不想种子已经是万劫不复

有人把她当作洗衣机
当灵魂落满尘土
就投进去清涤衣物
苍白成了陈旧的另一种道符

有时
你会苦思冥想
你在那里到底留下了什么

是三角地张贴的青春
可它已经被后面广告埋覆

是你留下的初吻
在荒草丛生的后湖
但它如今已经成了游人如织的小路

于是你只能反过来琢磨
到底带走了什么
让人还是趋之若鹜

信仰成了盆景
只能偷偷地生长在你自己
四季如春的小屋
荣耀并没有带来爱慕
只会让你自己比别人

看到了更漫长而崎岖的前路

留下的和得到的
都不能让你如此前瞻后顾
你终于把最后的原因
归结为了一种离愁
你永远无法完整带走
却会是轻易迷失的一片乐土

在北大
与历史狭路相逢
和未来一见如故
两片云朵的汇合
你那时爆发为一道闪电
让整个世界刹那间得以最光辉的弥补
倾力的一声呐喊之后
去决定向春天倾注你的全部

任世人误认你在决裂
任他们嘲讽你是
在那一刻叛逃的叛徒

在北大
不是所有人青春的积淀
搭出一座绝顶的高台
好让攀爬者去封禅
而是一层层的垫铺
给你松绵的爱护

让你更能禁得起摔打
然后学会了飞翔的义无反顾
代替了在朝代里攀爬的无助

是她
是北大
让你攀援而入
飞翔而出

你不须留下什么
只因为你要去传耕全部的乐土
你不须带走什么
只要轻身继续飞向最热爱的一处

三角地消失的地方
依然还有三条岔路
我贴上了最后一张海报
祝我们任何一个前方都会通往幸福

但我要告知：

我们不是只在北大里才幸福
而是在她之外
总能找到一条条通往高尚的道路

2017年12月17日
写于北大老校庆日

未名湖之十

植荷浅丈余
映天深万里
燕来拂水亲
远念留以泣

2018年10月31日
赠北大同窗安然

未名之情

心似湖面宽
意仅一条船
若问情几许
不停永波澜

2018年9月29日
赠北大同窗兄弟许德峰

未名湖渔歌

碧水横竖波
似网拢水过
坐撒年复年
青春渔无果

2018年5月5日
立夏于北大未名湖
书赠同窗贾海燕

未名湖立冬

夕阳染霞光
水静映云朗
雏鸟轻掠来
终飞在云上

2018年11月7日
敬赠北大同窗朱蕾

送　别

北风有时歇
南风亦会竭
但盼轻身去
来讯时动叶

2018年4月13日
为送行毕业生作于北大鸣鹤园

燕　园

麦因穗而熟
人为志而殂
不意燕园老
只辟通此途

2018年4月24日

北大皆故人

今花怎忆去年春
昔云难和今日云
先后曾登凌霄顶
入目天下无区分

2019年1月31日

冰影水镜我未名

冰上未名留暗影
春化水青面可镜
天下尽在一湖观
开明愿鉴人人幸

2019年1月19日
于冰封未名湖
赠北大同窗王慧同学

归来未名湖

春经不遗辙
唱过谁留歌
归来夹白发
挂絮柳正勃

2019年4月17日
春归北大作于未名湖畔
毕业二十二年值五四百年
赠诗答谢党淑平老师

老北大人

东山不拦日日新
西岭难留月月沉
风波使舟颠颠荡
直身方驾渡万津

2019年1月31日

仙 踪

月照影留寒
灯描影分暖
两影随一人
身转影不转

错河
2019年4月25日
于北大鸣鹤园

壮 行

未名源不涸
人生河永活
万曲修此道
接海连为索

2019年5月11日
作赠杨璧赫师弟于未名湖
毕业离北大前壮行

未名青春

镜上落土像沾尘
烛火摇暗看我昏
亲驾青春驰一世
风沙挡眼不挡人

2019年5月11日
作于北大赠鲁昕鑫老师

北大咏槐

春成夏亦满
叶旺枝更展
不抓风云留
高敞荫怀揽

2019年5月11日
赠于泽辉师兄于北大

后　记

我的诗集已经形成了自己的一个特有的模式，就是新诗与古体章节交叉。

这首先是因为我在平日的写作中，本就是文言诗与新诗并行写作的。这样的好处在于，两种语体的切换，有助于在对比中保持对两种语言的充分敏锐度。另一个，在于我一直试图把文言文作品中的简、润、厚的语言风格逐渐浸润到新诗中，希望新诗也可以汲取充分的语感来源。

其次，更因为生活里，有些主题用文言诗表达，更为恰当。而有些主题，则只适合用新诗来表达。文言诗的特色，更注重自然主义的意象表达，适合由外到内的文意生成。而我的新诗则是一个相反的过程，强调先有内在的准确逻辑生成，破解某一种内在的秩序，然后再作为核心将作品铺展开来。它们是无法互相替代的。所以我也想借助自己的诗集，通过这样潜含性的对比，来展示两种诗体的不同之处。

再者，就是充分考虑读者的感受，在读一本厚厚的诗集的时候，能够得到一个节奏的有效调整和切换，不至过于疲累或者麻木。

这些努力，都将在《奔涌》中更为明晰。今天在北大学长于泽辉先生的资助下，这部诗集终于得以顺利出版。于泽辉师兄是北京大学知识产权分会的副会长，他创立的业界知名的集佳律师事务所，是中国知识产权服务领域的翘楚。学长不仅一生专注在此，而且每年都会拿出大量资金资助贫困地区建立学校和助学，且为人低调，从不声张，而一听到北大法学院校友工作负责人党淑平老师介绍错河这位诗人艰难而窘迫的创作生涯，便欣然允诺资助我出版最近的三部著作。《奔涌》正是其中之一。于是我终于有幸与学长相识。他一再鼓励我，要努力做更多工作，去让大家了解诗歌，支持诗歌，希望诗歌可以复兴，希望它可以引领文化的延续与发展。在《奔涌》出版之际，我首先要表达对于泽辉先生的无限感激和敬意。

而我专注诗歌创作而带来的捉襟见肘，反倒成了自己的一件幸事。我挂单在北京盈科律师事务所做律师，律师是高大上的职业，本不该潦倒。但我却是三天打鱼两天晒网，全身心都铺在诗歌创作上。同事或许无法理解，但作为高级合伙人的王良钢律师，却说："北大出疯子，你不写诗去，我倒会觉得奇怪。"先生是恢复高考后77级第一届大学生，一向开明。他不仅当年将我收入门下，还给我工作上和生活上充分的便利与帮助，天天吃小灶。如今，我也要借机正式感谢先生多年来的关怀备至。

最后，还要致谢欣然为本书作序的赵长才师兄。先生是北大中文系82级学生。我们都来自于平谷，反倒是在师兄的非平谷籍同学的引荐下而相识。他工作本就繁冗，但我请先生写序，却没半点推脱。拿到先生的长序，仔细读过之后，才知道他把我之前出版的六部著作几乎通读，才写了此序。态度如此之严谨，令我的敬佩油然而生，又忽然于心大愧。这耽误了他多少本就不多的时间，而耐心研判之下，序言又句句中肯，更是倾尽心力。而我只能以寥寥几句，表达不尽之感激。

我还能做些什么，不负先生们的厚爱呢？

便只有在理想之路上继续矢志不渝地前行，在创作中不断突破和超越，在生命历程中不断救赎自己，或许就是对你们最好的回应。

那么就请读者们一起见证我歌颂拯救的一首首作品所铸就的充满光辉的道路，也感激你们的一路陪伴吧。

错　河

2019年9月16日